十村记

精准扶贫路

主编——刘伟　副主编——纪红建

大湾赞歌

张大鹏　著

湖南教育出版社

十村记：精准扶贫路
丛书编委会

主　编：刘　伟
副主编：纪红建
编　委（排名不分先后）：

刘　伟	赵成新	纪红建	黄步高	刘新民
黄永华	徐　为	刘先琴	鲁顺民	李晓东
胡银芳	张大鹏	曾绯龙	李清霞	吕纹果
卢志佳	杨丰美	王绍据	杨俊江	陈克海
曾小颖	张昱煜	田遂霖	吕晓策	陈　凯
杨　宁	徐夏楠	耿坤丽	张航智	刘一行
彭广林				

总　序
扶贫路上伟大的历史足迹

贫穷，在不少的时候，是中国社会的历史包袱。因为贫穷，中华民族经历了许多的磨难和屈辱。因此，与贫困的抗争，一直是中国社会无法回避的难题。中国共产党人的革命，也是伴随和追寻着要独立、反饥饿与求生存、谋幸福开始的。最近十年来，在当下的中国，一个伟大的扶贫行动，最终要实现全面脱贫目标的攻坚行动，在以习近平同志为核心的党中央的坚强领导下，在全国很多地方全面持续展开。这是中国历史上直面贫穷展开的伟大反贫困奋斗故事，也是人类历史上最大规模务实和精彩的减贫脱困故事。这套题为《十村记：精准扶贫路》的报告文学丛书所展现的多样丰富内容，就是这些精彩故事的真实动人呈现，是中国乡村社会历史巨变的真实记录，非常具有现实和历史的意义。

在全国各地展开的扶贫故事，其丰富的表现情景各不相同，色彩斑斓。《十村记：精准扶贫路》创意性地选择习近平总书记多年来调查研究，并针对实际情况提出科学合理扶贫论述的十个村子为对象，邀请作家分别深入采访，真实形象描绘其各具个性的脱贫情形，还原经验教训，很好地呈现出中国扶贫脱困的艰巨多样和令人振奋的场景，十分具有解析再现和总结作用。习近平总书记说："40多年来，我先后在中国县、市、省、中央工作，扶贫始终是我工作的一个重要内容，我花的精力最多。"种子在厚土中发芽生长，情怀在内心滋生延伸。青年时在陕北梁家河的基层农村生活经历，是习近平认识感受贫穷压力的开始，也是他立志扶贫改变人们贫困生活处境愿望的发端。这种情系苍生、悲悯贫弱的心怀，体现出一种崇高纯粹的精神和宽广益世的情怀。正因为如此，才有习近平40多年间的许多扶贫故事，才有党的十八大之后，全面展开的扶贫攻坚、精准扶贫的火热奋斗场景。《十村记：精准扶贫路》，用分散在全国各地的十个贫困村中真实鲜活的人物、乡村命运改变的故事，让我们深入具体地看到了总书记持续不断、真诚投入、现场指导、灵活施策、科学决断的行动；在很多扶贫干部无私、智慧地开拓中，贫穷地方不断减除贫困的过程中，感受到党员干部情系人民福祉的情怀，落实"人民对美好生活的向往，就是我们的奋斗目标"的自觉行动。这些真实形象的记述，为中国历史，留下了深刻立体的脱贫印记。

存在于各地的贫困情景，各有其原因，但大多都因为山高沟深、偏远封闭、环境恶劣、交通不畅、教育落后、观念陈旧等。像福建宁德的赤溪村，村民雷程祖就感叹说，他们是"穷在山上，穷在路上，穷在娶不上媳妇上"。这个挂在半山腰的村子，曾经穷得婆媳共衣裤遮体，全家没有一只像样的碗，人畜同茅屋，过着像原始部落般的日子。山西岢岚赵家洼的村民，过去因为穷困，常年蜷缩在碎砖烂瓦垒砌的破房子内，吃不饱穿不暖，很多人成了"刮野鬼"，到处游荡。在河南兰考的张庄，历来"风沙、内涝、盐碱"三害严重，一年三灾，三年大旱，四年大涝，麦尽干枯，秋禾无望，四野一空的情形多年难变。陕西耀州照金的人们，虽在革命老区，可多年贫困，生活艰辛，房屋破旧，人们时常担心雨天房屋漏雨。在河北阜平骆驼湾村，因为土地贫瘠零散，耕种不易，加之山路难行，贫困成了最经常的表现。在安徽金寨的大湾村，饥饿是最深的记忆。在贵州遵义的花茂村，过去人们"生一次病，要半条命。没有钱望（看）啊"。在四川大凉山的三河村，在湖南湘西花垣的十八洞村，在江西井冈山的神山村，虽然都有美丽的风景，可是因为出门的路啊，阻且长，变成了美丽之困，人们多年来只能用双脚丈量风雨苦难⋯⋯这些密切联系着人们生老病死的日常生活贫困情景，述说着一家家、一个个人伴随贫穷困苦生活的经历和命运表现，说起来都令人哀伤和感叹！这种锥心刺骨的民瘼，是以"人民至上，生命至上"为治国理政理念的党和政府最为牵挂的重要内容。也正是党的十八大以来，从中央到地方，坚决努力扶贫攻坚，实现脱贫补短板，为全面建成小康社会而奋斗的根本所在。

多年以来，在中国当下的扶贫解困道路上和故事中，习近平同志无论是在地方还是在中央，是作为地方干部还是作为党和国家领袖，都担当着重要的设计和"导演"的角色，使这样伟大而艰巨的工程持续推进并获取辉煌的成果。各处的贫穷困境，是多种原因造成的，绝非喊口号、说大话等可以改变的。在中国扶贫脱困的长期过程中，40多年来，习近平同志不辞劳苦，深入很多偏远偏僻山村，身体力行，持续关心，实地考察调研，用许多的行走和实践书写了"习近平的扶贫故事"。习近平同志曾说："我去了中国很多贫困地区，看望了很多贫困家庭，他们渴望幸福生活的眼神和不怕苦不怕累的奋斗精神，深深印在我的脑海里。"在一份介绍赤溪村扶贫的文件上，他强调脱贫攻坚要"艰苦奋斗，顽强拼搏，滴水穿石，久久为功"；在大湾村，他指出，打好扶贫攻坚战，要采取稳定脱贫措施，建立长效扶贫机制，把扶贫工作锲而不舍抓下去；在十八洞村，他提出，我们在抓扶贫的时候，切忌喊大口号，也不要定那些好高骛远的目标，扶贫攻坚，就是要实事求是，因地制宜，分类指导，精准扶贫；在花茂村，他勉励大家，心往一处想，劲往一处使，汗往一处流，共同把乡亲们的事情办好。在这些贫困村子里，习近平同志像一个农民的朋友、邻居、亲戚，也像一个知兵懂战的统帅，与村民、干部促膝话桑麻，共谋脱贫计。他提出了许多务实具体的意见，筹划了很多事关全局的扶贫策略。正是这些具体建议和全局策略，为各地的扶贫干部和村民指出了行动的方向和道路，使扶贫工作扎实开展推进。《十村记：精准扶贫路》所记述的大量扶贫故事，都是总书记扶贫目标愿望的真实写照，都是精准扶贫故事的美丽演绎，令人感受深刻，心生敬意！

优秀的文学创作，一定是有价值的书写，是对社会生活发展和人们命运改变的热情关注。《十村记：精准扶贫路》这部通过现场采访，分别描绘各地不同扶贫脱贫真实情景的报告文学丛书，是对中国历史空前的反贫困行动的自觉融入和靠近，表现了作家有益的现实文学追求精神，是实现文学"经世致用"，追求历史书写的很好成果。这十部作品题材现实，格调温情，风格质朴，语言平实，作家分别用线性串联的，或是故事组团式，或是历史人物命运变迁等网络交叉结构叙述，在各地贫困乡村人们生活环境和自身命运的变化过程中，真实地表现了历史的重大跨越，讲述了中国当代的精彩脱贫故事，是一种非常有价值的中国乡村历史文学记述。

《十村记：精准扶贫路》的诸位作者，深入扶贫一线，与村民和扶贫干部倾心交谈，在扶贫项目点上直接观察，分别具体形象地描述了各地人民修路、通水、通电、开展林果种植、畜牧水产养殖、利用自然环境和社会资源开展旅游、搬迁新村等努力摆脱贫困的行动过程，其间充满繁复曲折、艰辛奇趣、汗水欢乐，内容非常丰富而动人。看到作品中许多村民告别贫困和艰辛命运后浮现到脸上的笑容，讲述新生活时开心的话语，令人非常欣慰。这一切的到来，依赖于领袖的决策引导，也与当地扶贫干部和村民的不懈奋斗密不可分。作品在客观真实地叙述了这些村子致贫原因和经过艰难努力脱贫情形的同时，对很多扶贫干部的忘我开拓的精神，村民摆脱贫困的渴望、配合投入的行动给予细致描绘，使很多的矛盾纠纷和解决处理过程成为有趣的真实文学故事，具有生动形象的戏剧性感染力量。在不少地方，作家的观察思考，如对于兜底脱贫、对于有些村民搬迁之后如何发展生产与就业等问题的思考，也有益于作品内容的丰盈，令人印象深刻。

《十村记：精准扶贫路》的策划、创作、出版过程，富有个性，是以小见大，以局部侧映全局，以真实生动的精准扶贫故事表现领袖的扶贫情怀、国家的扶贫行动和伟大成果的精心出版活动，创意、实施、结果、影响等，都十分值得点赞。

是为序！

中国报告文学学会常务副会长　李炳银

2020年6月于北京

编者序
于波澜壮阔之中，书感人肺腑之事

2017年8月，北京天气很热。一个清秀的小伙子来找我，说是经朋友介绍，请我出面组织编撰一套书。他，就是湖南教育出版社的编辑杨宁。

杨宁拿出一份选题策划方案，是有关丛书出版的初步构想。丛书初拟书名是"足迹——精准扶贫路"，准备写习近平总书记以扶贫为主题视察过的一批乡村，希望沿着习近平总书记的扶贫足迹，以点带面地展示中国的扶贫成果。

我看了以后，感觉这是个很好的图书选题策划。全面小康、精准扶贫是近些年来非常重要的工作。2012年11月召开的党的十八大，提出了确保到2020年实现全面建成小康社会宏伟目标；2013年11月3日，习近平总书记在湖南湘西十八洞村首次提出"精准扶贫"的重要论述。经过几年的努力，扶贫工作已经取得了一定的成效，我们离全面建成小康社会的目标更近了。这个时间节点，策划这么一套书，政治敏锐性强，市场定位高，出版时机好。

我欣然接受邀请，答应担任这套丛书的主编。

不过，我提出，以"足迹"方式，略显直白，书名还得有文气，接地气。在后来与杨宁的交流中，我建议以纪实的方式撰写，报告文学更好，便于作者基于真实素材而发挥。在习近平总书记视察过的贫困村中选择十个扶贫难度有代表性的、扶贫成果显著的、在全国有示范效应的村子来写：湖南十八洞村、江西神山村、陕西照金村、福建赤溪村、河北骆驼湾村、安徽大湾村、河南张庄村、贵州花茂村、山西赵家洼村、四川三河村。丛书书名改为《十村记：精准扶贫路》，出版社领导和杨宁也接受了。

2018年8月，湖南教育出版社启动丛书编写会议。我和大部分作者赶到长沙，在湖南教育出版社副社长黄永华主持下，我们就丛书的定位、体例、框架、写作风格等进行了讨论。出版社党委书记、社长黄步高提出，要选取精准扶贫成功的典型故事，内容要有可读性，体现专业性。会议确定了基本撰写方案。当时获知，丛书已列入国家"十三五"重点出版规划项目。

2019年4月，我们邀请了众多业内专家在北京举行了初稿评议会。来自中国出版协会、全国扶贫宣传教育中心、中国当代文学研究会、中国报告文学学会、中国图书评论学会及《文艺报》《中华读书报》《中国扶贫》《闽东日报》等单位的专家与会。这些报告文学、扶贫宣传等领域的专家就丛书初稿认真地给予了评价，既有肯定，也指出不足，甚至就一些比较肤浅的文字表达，进行了尖锐的批评，同时提出了十分中肯的修改意见。

会后，杨宁整理了专家意见，发给了我和各位作者。不少作者根据需要又深入村里进行了补充采访，然后对书稿进行较大规模的修改和完善，切实提高了丛书的整体质量。

丛书作者多是请光明日报社驻地记者站推荐，有的是我推荐。作者要有相当的写作能力，尤其是要有深入采访及驾驭纪实类作品写作的能力。

比如，《十村记：精准扶贫路——张庄之问》的作者刘先琴，是光明日报社资深记者，之前还担任过《中国青年报》记者，采访调研能力极强，善于抓大题材。她也是知名作家，身兼河南省作协副主席，除了新闻报道，还出版过十几本散文和报告文学集，她的《玉米人》获第十三届精神文明建设"五个一工程"奖，《今生有缘》获首届杜甫文学奖。《十村记：精准扶贫路——赵家洼的消失与重生》的作者是《山西文学》主编、山西省作协副主席鲁顺民。他当过中学语文老师，后来成为职业文学编辑和作家，出版过散文、报告文学集，获得过赵树理文学奖。《十村记：精准扶贫路——赤溪清水流》的撰稿人胡银芳，是很特别的作者，出版过报告文学、长篇小说等。当然，除了北京广播电台高级记者、作家的身份，她也是福建省宁德福鼎市贯岭村的媳妇，她的婆家与同在福鼎的"中国扶贫第一村"赤溪村相距不远。宁德曾是全国十八个集中连片贫困地区之一，习近平同志曾在此担任过地委书记。在宁德工作时，习近平同志提出过"人穷志不穷""滴水穿石"，写下了《弱鸟如何先飞——闽东九县调查随感》。胡银芳在《十村记：精准扶贫路——赤溪清水流》一书的第一章就写到她这个北京女性"回婆家"的感触。"在后来的三十多年里，无论是采访还是旅行，无论是国内还是国外，我总把宁德的贫困山区和我所到的任何一个乡村作比较。但是，这种比较通常的结论都是——宁德，美丽而贫穷。"正因为她有在闽东生活的经历和感受，所以对赤溪村的描写十分细腻，情感流于字里行间，读来分外感人。

《十村记：精准扶贫路》十本书的作者，都多次到所写的村落采访、调研，深深地感受到这些贫困地区自然条件之差、交通之落后、风俗之难移……十个村落的扶贫经历，折射了中国艰难曲折的扶贫脱贫奔小康的历程。十个村的故事和人物，看似平平淡淡，实则是人物鲜活生动，故事感人肺腑，历程波澜壮阔，在中国扶贫攻坚、实现全面建成小康社会的历史中，留下了十分可贵的、真实的记录。

十本书的作者，个个都有深刻的社会观察能力，都有较强的写作能力，且都有专著出版，我就不在此一一介绍。

这些作者所写到的村落史、人物志，以及他们采访撰写的认真精神，无不令我感动。还有编委会的专家：湖南省扶贫办副主任赵成新、湖南教育出版社总编辑刘新民及丛书的副主编——知名作家纪红建等都在编写过程中做了许多工作。在这里，我要向作者、专家和湖南教育出版社领导、责任编辑杨宁及其他编辑表示真诚的感谢。

《十村记：精准扶贫路》即将付印之际，欣闻丛书入选中宣部2020年重点主题出版物，这是对我们工作的初步肯定。希望通过我们的讲述，能让更多人看到扶贫攻坚中的感人故事。

光明日报社原副总编辑　刘伟

2020年6月于北京

目 录

引 子
一个不能少 …………………………………………… 001

第一章
美丽而恬静的山乡 …………………………………… 007

第二章
斑斓的历史天空 ……………………………………… 019

第三章
滴染鲜血的红色土地 ………………………………… 027

第四章
饥饿是最深的记忆 …………………………………… 033

第五章
三个"新大湾人" …………………………………… 041

第六章
六个老贫困户 ………………………………………… 067

第七章
"我的小目标" ……………………………………… 165

大湾村扶贫大事记 …………………………………… 181

后 记 ………………………………………………… 186

引　子
一个不能少 >>

沉睡了一个冬天的大别山在春天开始苏醒，春雨春雪在三月反复滋润着大别山，到四月，大别山开始了她最美的季节，万木争荣，百花争艳。漫山遍野的杜鹃红得灿烂，红得极致，在满眼新绿映衬下，娇艳夺目。空气中弥漫着林木花草的清香，田间山头的一小块一小块油菜花，在春日的照耀下疯狂盛开。

无边春色到大湾。2016年4月24日，大湾人永远铭记的日子。这一天，习近平总书记来到了大湾村。

从北京坐了一个半小时飞机到合肥，又坐了一个半小时汽车到金寨，在瞻仰了红军纪念堂，参观了金寨县革命博物馆后，总书记再用一个多小时进山，来到大别山腹地，来到大湾。总书记一路奔波而来，就是要了解扶贫的实际情况，让老区人民过上幸福美好生活。

车沿着崎岖的山路前行，发动机轰轰作响。一个山坳的尽头，就是大湾村的汪家老屋，这里住着几十户人家。

踏着青石条垒砌的台阶，习近平走进村民陈泽平家两间简陋的房子仔细察看，询问家里的情况。

身体还好吗？这个季节屋里还有点冷吧？家里种几亩地？种的茶叶几年能收获？养了几头猪？猪肉价格还可以吧？总书记问得十分细致。陈泽平一一作答。看到床边堆着几包稻谷，总书记说，这里又住人又是仓库啊，并问陈泽平，存的粮食够吃多长时间？陈泽平告诉总书记："我们这地方农民有这风俗，把粮食放在卧室里。粮食现在是不愁吃不饱了。"总书记指着屋顶说："这里拉的电线可有点乱啊。"陈泽平不好意思地答道："我自己拉的。"陪同的村干部递上了陈泽平这一户的"建档立卡贫困户基本情况调查表"。"移民直补""公益林补贴""计生奖""劳务收入"……总书记一边念着表格上的项目,一边向陈泽平了解贫困户搬迁等支出和补贴情况,问他愿不愿意搬迁到山下去。陈泽平回答说:"党的这个政策好,我欢迎。"陈泽平后来回忆说,刚开始与总书记握手时,心里还有些紧张,但总书记和蔼可亲,我的心一下就放下来了。"总书记对农家的情况熟悉啊!"陈泽平感叹道。

陈泽平家的对面邻居是汪能保家,汪能保夫妻二人都是因病才致贫。68岁的贫困户汪能保看到总书记走向他家,快步迎了上去,紧紧握住总书记的手,激动不已。总书记说:"老汪你好,来看望你们。"汪能保说:"做梦都没想到您会到家里来,共产党政策好,给我们带来好多福分啊!"总书记拿起桌上的扶贫手册,一边看一边询问汪能保家的情况。扶贫村干部余静向总书记汇报说,老汪爱人有高血压,一年药费要花两三千块钱。习近平说,因病致贫、因残致贫问题时有发生,扶贫机制要进一步完善兜底措施,在医保、新农合方面给予更多扶持。

到了陈泽申家的门口,总书记首先注意到了他家门口的光伏电站。当了解到这个小小的光伏电站一年可以给陈泽申带来不少于3000块钱的收入时,总书记点头称许。陈泽申的家里有几间平房,陈设极其简单,地面上抹的水泥已经剥落,斑斑驳驳。让人眼前一亮的是墙上贴着的一排奖状。陈泽申的儿子因故去世后,他与孙子相依为命。孙子学习努力上进,这是老人最大的欣慰。

陈泽申告诉总书记,自己与孙子生活在一起,孙子即将参加高考。习近平详细询问了孩子的学习情况。他说,要做好教育扶贫,不能让孩子们输在起跑线上,教育跟不上世世代代落后,学一技之长才能有更好保障。

陈泽申后来回忆说，总书记对我们农民情感深厚，对我们农民的情况了解，来到我们中间，像一位慈祥的长者。

总书记从陈泽申家房间出来后，在陈泽申家门口的场地上坐下来。场地上摆下了十几把小椅子，总书记在这里同乡亲们拉起了家常。参加座谈会的老乡们你一言我一语说起了脱贫措施。总书记说，要脱贫也要致富，产业扶贫至关重要，产业要适应发展需要，因地制宜、创新完善。

大湾村扶贫工作队的余静来自金寨县中医院，她向总书记讲述了自己的扶贫历程。"这段时光是我一生的宝贵财富，扶贫不只是经济上的帮扶，还要真心实意给予关心。"她说，村里现在有建档立卡贫困户174户415人。习近平详细询问扶贫工作队干部配备和工作措施，他说，做好精准扶贫，建档立卡制度要坚持，依靠群众精准找到和帮助贫困户。

习近平对参加座谈会的地方各级领导说，在地方工作时，我一直抓老区建设，同老区很有感情。全面建成小康社会，一个不能少，特别是不能忘了老区。无论是革命战争年代还是改革开放新时期，老区人民为党和国家作出了巨大贡献。老区人民对党无限忠诚、无比热爱。老区精神积淀着红色基因。在今天奔小康的路上，老区人民同样展现出了强烈的奉献奋斗精神。经过数十年发展，老区建设取得了很大成绩。但是，放在全国范围内横向比较还有不小差距。党中央高度重视老少边穷地区尤其是集中连片贫困地区的扶贫工作，要通过实施精准扶贫，确保2020年实现全面建成小康社会目标是过硬的。

习近平强调，打好扶贫攻坚战，要采取稳定脱贫措施，建立长效扶贫机制,把扶贫工作锲而不舍抓下去。他要求各级党委和政府要怀着对人民的热爱、按照党中央提出的精准扶贫要求,打好脱贫攻坚战,让老区人民过上幸福美好生活。

已是向晚时分,总书记要离开了。大湾的乡亲们不分老幼站在路旁。"习总书记好!""习主席好!"乡亲们鼓着掌,同习总书记话别。总书记与站在路旁的每个村民握手,问乡亲们好,祝福乡亲们。乡亲们依依不舍,总书记在车上回眸凝望。中巴车缓缓离开大湾。所有的大湾人还沉浸在刚才的幸福中,没有回过神来。

2016年4月24日,大湾的历史永远记住这一天!大湾的百姓永远记住这一天!

第一章
美丽而恬静的山乡

沿合武高速从花石下，经七岭转向马鬃岭方向，车行约40分钟，便是大湾村。这一段行程，像一个巨大的之字形，除一小段山路外，大部分的行程沿着白水河走。路随河转，只是越往上走，山越高，白水河变得越窄。

秋季的白水河，水量不大，但水流湍急，清清的河水在河床的碎石中激荡，哗哗声远近听闻。这些碎石大小不一，小如拳头，大如牛头，枯水的季节，从高处望去，如一条白练在青山之下蜿蜒。白水河名字的来历不可考，含义或指河水的清白，或指这河床中的白石多，抑或两个原因都有。白水河两岸，有人家，小块农田，散若芥舟。这些有的只有几平方米的小地块，便是当地人们赖以生计的田地，种着水稻、玉米，甚至是几垄山芋。中秋时节，小块田地的稻谷成熟了，一块块金黄色，如画中的色块点缀着河谷的两岸。

白水河到了大湾村村部，河的西岸形成了一个大大的湾形小谷地，这小谷地平坦处像是牛胃一般。白水河沿着东北面的山脚蜿蜒着，如一根细细的绳子系着这西南岸葫芦一样的田块。我想，这里被称为大湾，不是通常意义上大河的湾地，而是山湾。世居大湾的人称这里的河，从来不叫白水河，而呼之为荞麦河。山民们说，过去这里种植着成片的荞麦，故呼其为荞麦河。荞麦河是白水河的上游，从这里再往上走3公里，便是她的源头马鬃岭。

马鬃岭是大别山中部最著名的风景区之一。远远望去，山形宛若一匹奔驰在群山峻岭间的神驹之头颈，参天林木高低错落是她飞扬的鬃毛，故得其名。马鬃岭地势高峻，均在海拔1000米以上。这里是华东最后一片原始森林所在，森林类型多，名木古树丰富，现在已被批准为国家级自然保护区。

马鬃岭自然保护区被云雾笼罩。　本书图片均由陈力摄

马鬃岭在大湾村的南偏西方向,高高的大山挡住了大湾人家的视野,但也给这里的人们留下了观赏马鬃岭浩瀚云海的最佳视角。马鬃岭的云海时而如一池春水吹皱,时而如海浪翻滚而来,时而又如薄纱飘荡在层峦叠嶂间。

而在马鬃岭的东南方是著名的帽顶山。帽顶山海拔1523.1米,山势挺拔,高耸入云,远远望去,它酷似"一顶神仙的帽子",故而得名。帽顶山有明显的垂直分带自然景观,从山脚下的

大湾的清晨

阔叶林到山顶的针叶林,植物不断变化。低海拔杉木、柳杉、马尾松等人工林成片分布,各类林木郁郁葱葱,生机盎然。海拔渐高,景观迥异,峭壁间陡岩上,黄山松林迎风而立。帽顶山季节不同,景色各异。春天草木蔓发,百鸟相鸣;仲夏林木蓊翳,凉风拂肌;秋天层林尽染,枫叶如火;冬日积雪茫茫,气势磅礴。

帽顶山山高壑深,山林中不时出没黄野狗、山豹、野鸡,还

有白冠长尾雉、小灵猫、金钱豹、原麝、大鲵（注：娃娃鱼）等国家级保护动物。山林内更有各种鸟类，据专家调查有100多种。

帽顶山山顶有一座山寨，现名叫帽顶山古寨，是大湾人的先人汪宜弼所建。古寨内有城墙，厚两米的大青山古城门至今保存完好无损，寨内石缝中有一泉水，清凉甘醇。紧挨着帽顶山的山

秋季的大湾,漫山红遍,美不胜收

脉叫凤凰头。凤凰头在帽顶山的西南侧,山脚下就是荞麦河。凤凰头在马鬃岭正南方与其相对,山势呈西南—东北向,虽然也是海拔千米之上,但她如一只美丽的凤凰安静地守在帽顶山边上,其美丽的凤凰尾长约两千米,如一道屏风一直蜿蜒到荞麦河的支流龙

第一章 美丽而恬静的山乡

潭河边。龙潭河实际是一条山溪,水流清澈,发源地为帽顶山。缘溪而上,可见三大清潭,潭水深绿,深不见底。这里是户外探幽的最佳所在。

  大湾村的西边诸大山呈南北走向,南接马鬃岭,仙人洞、香炉尖、骰子坪,这些山脉一路逶迤而去,向北展开,多在海拔1000米以上。大湾村便被这四围的大山包裹着,层峦叠嶂之下,流淌着宽不过5米的荞麦河。荞麦河的两岸平坦处,是田块和人

冬季的大湾,雪后成为童话的世界

家。千百年来,山民们生于斯,长于斯,逝于斯。如果没有战乱与天灾,这里也倒像是个世外桃源。

春天的大湾,四周冰雪消融,荞麦河水陡涨,小河里鹅鸭水中嬉戏,怡然自得;燕子在山谷中轻盈地飞来飞去,衔泥筑巢,呢呢喃喃。山上的花草树木竞相吐蕊争艳。洁白无瑕的望春花,幽香纯净的兰草花,争奇斗艳的映山红让人目不暇接。

夏天的大湾一派深绿,满眼的苍松翠竹。天气就是再炎热,绿荫下一站,也是凉风习习。夜晚满天星斗,虫声唧唧,打开纱窗,无需空调,夜凉如水。四围寂静无声,只有荞麦河水哗哗地流着,偶尔听闻河边人家一两声犬吠之音。此处实在是避暑的好地方。

秋天的大湾,天空高远深邃,一碧如洗。山林变得五彩斑斓,层林尽染,色彩无限。河边的小田块,稻子金黄。南瓜的叶子落了,一个个大南瓜似乎睡在深黄色的野草中。泡一壶茶,闲坐庭院中,赏满山秋色,自是醉人。

冬天的大湾,白雪封山,四周白皑皑一片,但茫茫白色中,又透出隐隐的青色来。山林与白雪相映,大雪终究掩盖不了墨色的山林,隐隐的黛色就是最好的画师大概也调不出来。农家没事了,家家烤着火盆。男人们喝着自家酿制的米酒,晕晕的不知今日是何日,也懒得去翻日历。来了邻里,摆上酒杯便喝,喝到坐不住了,才罢休睡去。只是醒来,邻家的孩子已等候多时,说父亲叫来的,再请他喝两杯御寒。

所以,无论春夏秋冬,大湾都是美的。这深山的小村,没有惊艳的美,却很耐看,常年近乎吸氧,一个天然休闲养心的好地方。

第二章
斑斓的历史天空 >>

今天的大湾村，由原大湾村、帽顶村、桥边村合并而成，都分布在荞麦河沿岸。全村 3885 人，主要由汪、陈、周三大姓氏组成。大湾村的汪姓人口最多，几乎占全村人口的三分之一。汪姓主要居住在现在的大湾村民组，可考的历史也最长。习近平总书记走访的地点就是这个古老的大湾村民组。

大湾村民组当地一般称为汪家大湾。在汪家大湾的正南方向，有一座汪氏祠堂。汪氏祠正对着马鬃岭，它坐北向南，东面是溪水叮咚的荞麦河，皖鄂边境交通古道沿河而上，古老的越公桥横卧小溪之上。小桥流水人家，这江南的风景在这大别山深处重现。而实际上大湾的汪姓确实也与江南徽州的汪姓同祖。这里的汪姓分支被后辈称为汪氏永贤堂。

汪氏祠占地面积 3000 平方米，三进三包厢，共 33 间砖瓦结构建筑，是典型的徽派建筑。外观粉墙黛瓦飞檐，内部堆木架斗，雕梁画栋，木雕砖雕精美。前厅的楼阁戏台，彩绘依稀。祠南侧墙外有几棵三百多年古柏，遒劲苍翠。按族谱记载，汪氏永贤堂族人于清乾隆十六年（1751）开始修建，至今保存基本完好。

当地村民汪才平是汪姓的第八十七代孙。秋阳高照的正午时分，他带我参观汪氏祠堂，表情一脸虔诚。他说："每每踏足祠堂，心中除了虔诚，还是虔诚，会让人想起祖先历尽千山万水来到这里结庐驻足，经过数百上千年的繁衍，衍生了一代代的后来人……一个家族能有今日的辉煌，可以说祖宗功不可没。在这里，能够感受到一个家族的繁衍生存最重要的条件是品质和德行，这比什么都重要。我们汪姓一直以来，耕读传家，清白明世，今天来看，这必须谨遵的家训也符合现在提倡的社会主义核心价值观。"

是啊，祠堂对于每个族人来说，有太多的回忆，太多的故事。一个祠堂，多少荣衰沧桑在其中，这是一本家族集体的记忆手册，浓缩着千百年来的历史变迁。走进祠堂，一个个古老而又亲密的血缘故事，仿佛就在耳边响起。

汪家老宅一角

汪家大湾是大湾汪氏永贤堂族人的祖居地、发源地。汪氏的家谱记录了大湾汪姓家族的来历。这里的汪姓与古徽州休宁县的汪姓为一宗。休宁县是全国第一大"状元县"。明朝从洪武到天顺年间，休宁汪氏一共出了十二名状元，七十四名进士，汪姓于是成为徽州地区的一大名门望族。为抑制豪门，也是为了增加朝廷的收入，明朝从天顺年间开始，对全国各地大姓采取"遣散"政策，实行分户移民。弘治二年（1489）七十三世汪真被"遣散"外出。他从休宁西乡资村出发，一路北上，来到当时的庐州府六安州。

汪真在休宁时就是一名技术精湛的"窑师"，会烧砖瓦窑。

有一天，他沿古道来到大湾，见此地山林茂密，地广人稀，土地肥沃，获取木炭便利，即搭草庐为舍，在此烧窑，产品卖于来往古道的客商与周边人家。两年下来，汪真从一文不名积累到小有资财，还娶了一位当地的女子，生子生女。汪真身在大别山中，但也时刻牵挂休宁的家人，将信件委托来往古道的客人带往休宁的家中。三年后，汪真的原配妻子杨氏了解到汪真的近况，于是携子伯善、伯御、伯贯、伯学、伯禄，并携休宁资村汪氏家谱一套，由休宁资村出发，"千里寻夫"来到了大湾。自此，汪家大湾人丁兴旺。汪真在大湾率领妻、子自烧砖瓦，仿照徽式建筑模式，拆去原先的茅草屋，建起了第一栋砖瓦房。从那时算起，汪家大湾自然村自始建以来已有五百二十多年的悠久历史，汪真即为永贤堂始迁祖。

汪真从徽州迁来，在大湾建房，很讲究风水。大湾村四周小山环绕，中间是块小盆地。他建房的屋后的小山叫双燕扑梁，东西走向，远看像一头卧牛。汪家大湾就坐落在卧牛的南麓，乾山巽向。在它的四周有九座大小不等的小山，山脉均朝向老宅对面的一个小山包，被视为"珠"，故被称为"九龙攒珠"。因要所应九龙，汪真的后人在这小盆地修了九口小山塘，对应着九龙龙首，既为九龙饮水所建，也为日常农田灌溉所需。大湾老宅东面约200米处，即是荞麦河。河的东西两岸各有一个高岩，约有百米高，形状远看像狮子面孔，两狮相对，守着荞麦河。而狮子岩的东南方中间有一座低矮的小山，远看极像大象。这大象的鼻子也伸到荞麦河中，像是在吸水。这样的地貌合称为"青狮白象"。东北有青狮白象守住村门，西南又是"九龙攒珠"，北有卧牛所靠，是真正的宝地。无论是自然环境还是人居环境，汪家大湾确实是安居乐业之地，汪家的后代也真正兴旺起来。

到明万历年间，汪真的第五代孙，七十八世汪学儒、汪学仙兄弟二人双双中武举，因在战场上立下汗马功劳，汪学儒授"骠骑将军"，汪学仙授"游击参将"。他们告老还乡后，在汪家老屋所在大兴土木，建成了气势雄伟的上、中、下三个门楼，九十九间半青瓦房，全为徽派建筑样式。房屋采用砖木结构，室内飞檐拱斗，窗棂精雕细刻，灵草花鸟栩栩如生。为保家卫宅，在庄外的不同方位的小山上，还建了五座炮楼，每座一间两层，供瞭望守备之用，至今炮楼遗址尚存。为什么汪家大湾只能盖九十九间半而不能盖一百间？因为那半间是一块巨石，据传此石乃上首牛形地的一只牛蹄子，不能打，所以只能盖九十九间半。此石至今尚存。实际上，大湾汪家第五代孙虽是武举出身，但也是以理学为宗，恪守儒家之道，认为一百间则已满，满则溢，故守残为荣。

汪家老宅保存完整，现在是大湾村的标志性建筑之一

宋明以降，理学昌盛。已在大别山区的汪真一脉秉承汪氏"耕读传家"的根本，教育培养子孙以耕读为要。为子孙读书计，村里建学堂一座，延师课读，汪家子孙免费就读于此。汪家的后人们还在村边开设了一间店铺，取名"一冬店"，专供生活必需品及出售土特产品；在"一冬店"边上还开设了一间肉铺，设有猪行，买猪卖肉，生意十分红火。为了祭祀先祖，后辈还在住宅对面建家庙一座，两进五开间，即现今五岳堂庙址所在。

汪家后代人口逐步增多，汪家大湾已容纳不下。后人先后分迁到附近的基林湾、姚家湾、童家湾，后又迁到胡冲、下花石，还有部分人远迁到山西、陕西等地。大湾的汪家后人"学而优则仕"者不乏其人。明清时代，在朝为仕者层出不穷。

如八十一世的汪淋，字裕盛，号林森，清康熙年间授登仕郎。其一生中做了四件大事：一是修建大湾汪氏宗祠，迄今已有

250年之久，尚完好无损，已列为金寨县级文物保护单位。二是续修"汪氏通宗世谱"。宗祠建成后，其先后五下徽州，历时二十余年参与续修通宗世谱。现大湾村保存的乾隆四十年（1775）刊印的"汪氏通宗世谱"乃汪氏家谱中的珍品，国内尚未发现第二。三是修桥铺路，广行善事。在花石、青山等地古道中的悬崖上凡刻有"汪林森"捐修字样的，都是汪林森的善为。四是朝南海拜观音，引进了高茶籽。

八十三世的汪宜弼，清嘉庆年间举人。博学多才，与皋西文人墨客广为交往，著有《韵醒迷诗集》行世。汪宜弼智杀恶人的事也在当地传为佳话。当地有一恶霸绰号"黄八"，趁捻军起义之机，占山为王，他从汪家大湾经过被狗咬伤了马腿。"黄八"发怒，扬言"今天是汪家湾，三天以后叫你变成黄家大湾"，意图杀烧汪家祖居大湾。他的怒言被族人"汪八斗"听到，立即向汪宜弼反映，并献计用鸿门宴请"黄八"吃饭以赔礼道歉。汪宜弼后趁"黄八"醉酒之机，带族人在"纳盗石"处将"黄八"这一恶霸解决。现今"纳盗石"遗址尚在。

在土地革命时期，汪家大湾是中共六区十四乡苏维埃驻地，永贤堂族人多人投身革命；在抗日战争、解放战争、抗美援朝中，永贤堂汪家后人前赴后继，参军参战，为中国人民革命事业浴血奋战，很多人为此献出了宝贵的生命。

第三章
滴染鲜血的红色土地

天高云淡。汪才平带着我试图在村子里寻找红军留下的红色遗迹。在汪家祠堂，汪才平告诉我，这里当年就做过红军的指挥部。汪氏祠曾为红三十二师指挥部驻地，周维炯、肖方、漆德伟率领红三十二师在周边打土豪，惩治了号称"三兴"的大地主汪全兴、汪再兴、周贻兴，他们将打土豪的所得分给贫苦农民，红军赢得了农民们的欢迎。

　　一壶茶，几根烟，汪才平在汪家祠堂的大厅与我相对而坐，对着高高的帽顶山，将自己听来与搜集来的关于这块土地上的红色故事向我娓娓道来。

　　老汪用手指着帽顶山的方向对我说，那个地方有个千家坪。在千家坪圣卦尖脚下有株古松，雄姿挺拔，坚韧虬劲，至少有五百多岁了，仍然"枝如铜，干如铁"，当地人叫它"红军松"。其名字的来由要追溯到大革命时期。当时，鄂豫皖苏区某红军游击师一大队大队长俞天奇在一次战斗中不慎落入敌手。白匪将他捆绑在大松树上，用尽酷刑。但任凭敌人百般折磨，俞天奇坚贞不屈，最后被敌人用烧红了的铁锹活活烙死。俞天奇牺牲后，当地人们便把这棵大松树叫作"红军松"。

　　"红军松"不仅表达了老区人民对红军的景仰之情，也是红军精神的象征。汪才平说，他父亲在世的时候讲过，那时候，只要是贫苦家庭，家家都有红军，有的是全家参加红军。"你不参加红军，穷得没有活路。但一家人里，只要有一个参加红军，打土豪，分田地，就与当地的地主、恶霸结了仇。红军一走，还乡团回来，红军家属也跑不掉。所以后来，出现了一人参军，全家参军的现象。很多人都牺牲了，有的甚至是全家牺牲。金寨县号称有十万红军,这恐怕是最少的数字。"

汪才平参与了汪姓家族修谱,他在走访中,了解到部分汪姓族人参加红军的情况,他告诉我,汪家红军烈士就有十几人。

由于参加红军的人数多,后来红军的失散人员也不少。鲍贵枝就是其中的一位红军失散人员。1929年,鲍贵枝18岁。在立夏暴动的日子里,他和同乡好友郑祖寿一起当了红军,在万正凯的独立团一营三排当战士。

那时的红军战斗频繁,万正凯率领的独立团英勇善战,让白匪军闻风丧胆。这年秋天,独立团转战到了湖北英山。可鲍贵枝患了严重的疟疾,不能随行。那时,部队每天行军打仗,条件异常艰苦,一些伤病员得不到有效治疗和休养,有些被安置在老乡家里,有的则安排战友在后面照料。当时的红军连指导员派郑祖寿照料打摆子的鲍贵枝。然而,三天后他们还是与部队失去了联系。他们两人只好一边隐避行动,一边向老乡打听红军的去向。

九月底,鲍贵枝的疟疾好了。可一天晚上,他们正在一老乡家吃饭,被"白狗子"盯了梢。随即一帮白匪闯进来,两名红军战士落入敌手。白匪把他俩分别拴在一间大厅屋里的两根柱子上,两个持枪的白匪军看押着他们。落入匪手,就是死路一条,不行,说什么也要逃出去!鲍贵枝心里不停地盘算着,身子试着用力挪动,双手拼命地磨蹭着柱子下的石墩子。手腕被绳索勒得钻心的痛,可他不顾一切地使劲磨蹭着。终于在鸡叫二遍时分,奇迹出现了,捆他的绳子被磨断。鲍贵枝以最轻、最快的动作解开了捆绑郑祖寿的绳索。两人跳过两个还在熟睡的哨兵,钻进密林,向后山攀登。刚到半山腰,只听见白匪叫嚷着:"抓住他们呀!"没有目标的枪声乒乒乓乓地响着。等爬上岭头，天已蒙蒙亮，两个"落伍"的红军战士庆幸自己总算逃出了魔掌，死里逃生。

他俩一边躲避白匪的追查，一边寻找自己的队伍。他俩去当了毛排工，从事最艰苦而危险的工作，在史河里放排。当时史河东岸是"白区"，史河西岸是"红区"。在毛排上生活的两年里，鲍贵枝经常给西岸的地下党送情报及送食盐、粮食等物资。1932年秋天，鲍贵枝终以"通匪"罪被国民党抓捕。但他死活不承认自己当过红军。在临刑前的一天，地下党和他的家人全力营救，用一百块大洋和两条哈德门牌香烟，买通了刽子手，让他朝天放空枪。这才让鲍贵枝再次死里逃生！

1955年，梅山水库修建，鲍贵枝被迁移安置在帽顶山脚下，可鲍贵枝选择了白水河这个地方。因为这里不仅是当年红军独立团团长万正凯的家，还有曾经一个班的战友袁成泽、袁大哲，他俩也都是当年的红军失散人员。他们一起居住，并肩劳动。1982年，民政部门正式认定鲍贵枝的"红军失散人员"身份，发给证书和定期补助费。1992年，这位老人走完他81年人生旅程，和当年的战友万正凯、袁成泽、袁大哲一起长眠在白水河畔。

"解放战争时期，大湾也留下不少故事。"汪才平对我说。1948年解放战争进入到决战的阶段，人民解放军在全国各大战场节节胜利，蒋家王朝土崩瓦解，残留在大别山的反动民团惶惶不可终日。这年早秋时节，国民党中将汪宪扛着"鄂豫皖剿共总司令"的头衔潜入大别山腹地、帽顶山脚下的花羊石地区，打算收编国民党的一些地方武装，如南庄畈的汪团、宋家河的杨团、花羊石的肖团等地方民团，妄图做垂死挣扎。窝藏在大山深处的民团、小保队哪里肯听汪宪这名"总司令"的指挥？所以1949年早春，解放军进山剿匪，那些民团、小保队要么闻风而逃，要么缴械投降，汪宪成了个光杆司令，只带有十几个人，东躲西藏。那时他窝藏在离大湾不远的一个叫作胡家冲的庄子里，跟随他的十几个土匪隐藏在附近半山腰一块斜面的巨石下。可解放军的剿匪部队还是找到了他的踪迹。当年这个小村庄有个姓马的人家，马家有个9岁的男孩，名叫马本海，至今健在。他目睹了汪宪就擒的全部过程。他回忆说，解放军来到他家堂屋坐定后，让马本海的母亲上山"请"汪宪，汪宪哪知解放军已秘密到村，下山后，见是解放军，束手就擒。至此，大湾一带彻底消除了匪患，获得了完全的解放。

汪才平说，1947年，刘邓大军挺进大别山时，从大湾一带经过，当时曾有一部驻扎在大湾村的周家祠堂。今年已70多岁的村民周益学至今还记得他小时见到的写在祠堂墙上的一首诗：

将军打马向南行，黄石青台莫久存。

花羊有意献荞麦，白水无情到柳林。

勒住马鬃拜石佛，揭去帽顶朝观音。

前途又闻锦鸡鸣，父子相逢流泪坪。

这首诗里，黄石、青台、花羊、荞麦、白水、柳林、马鬃、石佛、帽顶、观音、锦鸡、流泪坪，均为当地地名，又写出了刘邓大军如入无人之境的豪迈情怀。汪才平对我说："有人说这首诗是当时金寨县第一任书记写的，但不可考。从作者对地名的熟悉情况看，应为熟悉当地地理山川的解放军干部所写。"

汪才平带我寻访到周家祠堂，当年写诗的墙壁依然矗立，只是字迹不可见。秋云淡淡，清风轻拂，站在周家祠堂，放眼大湾山山水水，对脚下的这块土地又多了一种神圣的感觉。

第四章
饥饿是最深的记忆 >>

近代以来，水路、公路、铁路的通达，让处于徽楚古道上的大湾逐渐式微，地理位置优势不在。多年的战乱流离，更让大湾流血身虚。新中国成立后，人口的激增，地少人多，种种因素加在一起，让这个美丽而又古老的地方，成了一个封闭而贫困的穷山村。在大湾，50 岁以上的人谈到过去的贫困经历，总是唏嘘不已。"一想到艰难的岁月，心就疼。"汪才平对我感慨地说。

曾任大湾村书记的俞能江给我提供了这样一份数据：2013 年，县里进行贫困人口筛查，全村 921 户中有 291 户贫困户，贫困人口共计 991 人，贫困发生率超过三分之一，大湾也被列为金寨县 71 个重点贫困村之一。

民以食为天。大湾人的记忆里，饥饿是最深刻的。上世纪 80 年代以前，大湾人记忆中的三餐基本是早晨南瓜糊糊或山芋糊糊，午饭是稀饭加上锅上贴着的玉米粑粑（注：玉米饼），晚上还是南瓜糊糊或山芋糊糊。这糊糊里加的不是米，而是葛根粉和野菜，甚至是葛米粒子。这是普通家庭的一日三餐，还有更穷困的，连这个也吃不上，他们冬天的晚上就吃葛米粒子做的饼，或者就是不吃，忍着饥饿。这葛米粒子就是葛根磨烂后过滤的残渣，人吃了之后，没有营养不说，关键是不易消化，容易造成便秘，肚子胀得老大。大湾属于非产粮地，几乎三分之二的粮食要靠买。大集体时代的 80 年代前期，大湾村民把荞麦河边上凡是能开垦的地方都开垦成田块，以图增加粮食，但地少人多，加之粮食产量低，还是不够吃，日子过得十分艰难。

"饥饿是最深的记忆",曾经有着光辉历史的大湾村,也有着一段贫穷的过往。图为大湾村村民的老屋,十分破败。

汪才平回忆说，1970年早春的一天，凌晨3:00多，生产队的队长就吹哨子呼唤社员们起了床。老婆煮了山芋糊糊，自己吃了一饱，又带上几个煮熟的山芋算作午餐，便开始向马鬃岭进发。那时去马鬃岭，主要是挖山地种玉米。当时马鬃岭是金寨的国有林场，林场要种树，但劳力不足，便出台政策，划一段地块给周边的大队，实行谁开挖山场种玉米，收成归谁的政策。当地农民们春天开挖好山场，种上玉米，栽上树苗，秋天便可收获玉米。这样种了三年后，树苗长成了，林场收回土地，再划出一块新地来。说起那段时光，记忆最深的就是饿。汪才平说，虽然早晨吃了一饱（注：方言，意为吃得有点撑）山芋，但一趟七八里山路走上去，又加上干的是砍杂树、挖地的重体力活，不到上午10点，肚子就饿得咕咕叫。中午就那几个山芋下肚，晚上回来，真是精疲力竭。那时最盼的就是吃一碗白米饭，但哪能吃得起！吃的还是稀饭加玉米粑粑。

大湾村缺粮，村民的口粮国家要供应一半以上。但那时粮站离大湾还有十几里山路。俞能江回忆说，当时他们生产队每人每年国家供应100斤粮食，但那也不全是大米，还有30%甚至40%是粗粮，如玉米、山芋干，还有小麦。上世纪70年代前期包括大湾在内的周边地区都是这样。到了70年代中期，开国中将皮定均的夫人回乡（注：皮定均老家在古碑乡，与大湾相邻不过30里地），见到村民们如此困难，供应粮里还含有杂粮，于是向上级反映，这个状况才得到解决，粮站方开始供应全大米。粮站供应大米，但买粮的钱要社员自己拿。当时一斤粮是一角三分儿，但大湾的很多穷困人家,连买粮的钱也拿不出。汪才平说,那时冬闲时节,村民们大都去马鬃岭林场背小圆木挣钱。从林场将已锯好的小圆木背到花石去,一趟30里的山地,一天下来挣一块钱不到。他去背圆木时,还不到16岁,两天下来,挣8角钱不到。有的孩子12岁开始干活,一天只挣三分工分。那时一分工分年终只能折算成1毛多钱。一年干下来,勉强维持温饱就是不错了。只有到中秋节的时候,稻子开始收获了,中午才能吃上干饭。"那样的日子,不知道人是怎么活下来的!"汪才平感叹地说。

粮不够吃,大多数家庭冬月里就到附近的帽顶山、猫儿蛋山等大山里挖葛根,回来加工成葛粉、葛米子作为辅粮。大家结队去挖,附近山上的葛根都被挖空了。汪才平记得,他15岁那年跟着父亲沿着龙潭河往帽顶山里走,终于找到一根大葛根,挖下来一称,32斤重,全家都高兴坏了。

粮不够吃,有的人家冬闲时节就出去讨饭了。当时生产队俞绍家、俞绍飞、俞士英三家每年腊月,全家出去要饭,到年三十晚上才回来,但吃个年饭,年初一又出去了。他们每家都七八口人,孩子多,劳力少,工分挣得少,没钱买粮,不要饭就真的过不下去了。

粮不够吃,更不用说吃肉了。村民俞能江回忆说,他父亲虽然当时当了20多年的村支书,但就是他家,在70年代,8年都没杀过猪。"猪是有啊,但每个生产队都有上缴的任务,队里轮流摊派这上缴的任务。平时谁敢杀猪?谁能杀猪?"汪才平说,在整个70年代、80年代,村民们吃上肉,一年最多也就两次。

中秋节时，一家分点肉，一斤左右吧。另一顿就是春节了，每家能称上七八斤肉。"所以那时不但小孩子盼过年，大人也盼啊，过年有肉吃。"说到此处，汪才平深深地叹了口气。

粮不够吃，更不用说招待亲朋了。有时家里来人，能蒸个鸡蛋，吃上一碗白米饭，加上炒几个农家房前屋后种的辣椒、韭菜、白菜，就是一顿丰盛的"家宴"了。有的时候，为了撑面子，这些东西还要到邻居家去借，比如说鸡蛋，借两个来，下次等自己家的鸡下蛋了，再去还。"几乎家家都是这样过着日子，没有例外。我父亲当时是村支书，也算是村里有点'面子'的人，但有一天我家来客了，家里炒菜没盐，我还跑去向亲戚借。"俞能江说。

粮都不够吃，更别说穿了。一年四季，有衣蔽体就是条件不错的家庭。新老大，旧老二，缝缝补补是老三，一年能做件新衣，也只有在过年时。冬天腊月了，没衣蔽寒，家家在火盆上烤火度过寒冬。80年代前的大湾，无论大人孩子，都有一双"老火腿"。因为烤火时间长了，腿皮烤得黑黝黝的，腿上鼓起了一个个蚕豆大小的包块。"但大山里冬天冷，你不烤火，实在过不了。"汪才平说。老汪告诉我这样一件事，当时村民陈先友的老婆患有羊角风病，冬天烤火时，不幸病情发作，倒在火盆上，竟被烧死了。村民们闻讯而来，看到这场景，都止不住流下泪水。

大湾人在贫困中哭泣！

美丽的大湾，古老的大湾，红色的大湾，这些光辉和荣耀都被这贫困的现实击得粉碎。

大湾在困厄中呐喊！

何时复我荣光？何时脱我困苦？

是改革开放，让大湾恢复了生机。山变青了，水变清了。大湾人走出了大山，靠城市里的打工生活，填饱了肚子，从此开始，重新点燃了富裕的梦想。

国家的精准扶贫政策为大湾人脱贫致富奔小康提供了无比的动力！

"小康路上一个不能少！"总书记的话在大别山中回荡。

大湾从此翻开了新篇章！

第五章
三个"新大湾人" >>

2017年，安徽省委、省政府部署，组建了省直扶贫工作队，下派到各贫困村进行重点帮扶，以求打好脱贫攻坚战，精准脱贫。按照"单位帮扶、干部驻村、整村包保"的要求，每个扶贫工作队由第一书记（扶贫工作队长）、副队长、扶贫专干3人组成，第一书记由副处级及以上党员干部或企业中层以上党员管理人员担任。扶贫工作队重点帮扶皖北地区和大别山革命老区的贫困村。

大湾作为金寨的特困村，县扶贫工作队在省委下达指示前，已经入驻。大湾村的扶贫工作队由余静、王名香、潘新三人组成。在大湾走访期间，我们与村民们聊到扶贫工作队，村民们个个竖起大拇指。采访他们，时间都是细碎的，因为他们都太忙，基本都下村去了。有时想晚上找个时间，可他们不是在开会，就是整理材料。我们注意到，大湾村部扶贫办公室的灯晚上总是亮着的，工作人员晚上几乎都在加班。就算回到宿舍，他们也不能完全停歇下来，时不时地还要处理一些琐碎的事情。

一

在大湾村走访，我看到几乎家家户户的墙上都张贴着同一张照片，那是2016年4月24日习近平总书记在大湾视察时留下的合影。照片中大湾村的村民簇拥在总书记身旁，其中一位"小姑娘"颇为引人注目，她微笑着站在习近平总书记左手边，穿着红色冲锋衣，手拿扶贫手册，昂着头。她，就是驻村扶贫工作队的余静。余静当着总书记和父老乡亲的面，许下铮铮诺言："大湾一户不脱贫，我坚决不撤岗。""小姑娘"话说得掷地有声。这位

1983年出生的年轻基层干部也在那时走进了人们的视野。

一双运动鞋、一身休闲装、扎一个马尾辫,皮肤晒得黝黑,一口接地气的金寨口音,这是余静留给人们的第一印象。采访余静很难,记不清多少次约余静见面,每次见她,她不是在贫困户家中算账,就是在走访贫困户的路上。

"老陈,羊卖完了吗?"

"新云哪,你那徽姑娘农家乐项目这几天得抓紧申报了啊,人家等着呢。"

"王婶,你手这么凉,得赶紧回去添件衣裳了。"……

余静(前排左一)花了大量时间入户与村民聊天,以此熟悉贫困户情况,为宣传扶贫政策,引领乡亲们脱贫打下基础

我跟随余静下户走访,一天行走几万步。她见了哪个村民几乎都能顺溜地喊出对方的姓名,与对方聊起天来。驻村扶贫三年多,余静对大湾村家家户户的情况了然于胸。这些年,她就是这

样扎根山村，遍访农户，宣传扶贫政策，带领乡亲们发展产业，精准脱贫。余静就如一朵铿锵玫瑰在山间吐露出迷人的芬芳。

2015年以前，余静还是金寨县中医院信息科的一名工作人员。稚嫩的脸庞，清瘦的身材，走路利索带风，俨然还是那个中学同学口中的"假小子"。2015年7月上旬的一天，余静正给院里石磊副院长修电脑，这时院长孙大国正巧开门进来和石院长商量下村扶贫人选。

大湾村是县中医院对口帮扶村，需要抽调一名熟悉基层工作、有工作热情的同志下村扶贫。那天余静听院长和副院长商量半天，也没筛出个人选来，捯饬电脑的她接过话茬："院长，不行我去吧！我从小在农村生活过，对农村情况还比较熟。"

余静的"毛遂自荐"，让两位院长认真瞅了一下眼前这个"小丫头"。"哎别说，还真行！"孙大国想着余静干练的性格，马上说，"就你了！"

临时冲动甩出的一句半开玩笑的话，竟被两位领导当了真，余静瞬间有点后悔："我就随口一说啊，真要下村，我得回家和家人商量呢，得征得他们的同意。"

那年，余静的儿子才6岁，女儿5个月，刚刚准备断奶，两个孩子正是需要母爱的时候。大湾村离梅山镇（注：金寨县县政府所在地）得赶几个小时的车程，这真要下去，孩子怎么办？余静有点后悔自己的多嘴与冲动。

自己内心还有些挣扎、犹豫，余静暂时没有跟家人谈自己的想法。思虑了两天，余静逐渐有了主意：自己对农村情况还算了解，为什么不去尝试尝试，毕竟这是一项很有意义的工作，对自己也是个锻炼,家里的困难也不是完全不能克服。想好这些之后,她将准备下乡扶贫的事和丈夫、婆婆一说,没想到大家一商量,表示全力支持。获得了家人的支持,余静向院长表明了态度。两个星期后,院长办公会一致通过了余静下乡挂职一事。2015年7月28日,在院长孙大国的护送下,余静走进了金寨这个偏僻的深度贫困村——大湾村。

"其实说真的,我从来没想到自己会走这条路,我从小的愿望,是当一名军医。"余静后来回忆说。她出生在金寨县黄龙乡鹤塘村鹤塘队,父亲是当地的赤脚医生,每天拎着药箱走村串户给村民看病。当时农村交通不便,父亲甚至还给村民做过阑尾炎等小手术,在当地颇受群众尊重。除了父亲的医术,余静的记忆里还有父亲的孝顺。每次父亲从外边回到家中,即使再晚都要来到爷爷床头,说一声:"大(注:爸),我回来了!"余静的姥爷曾是一名军人,小时候经常听姥爷说起战争年代的故事,余静逐渐对部队生活充满了向往。想在部队当医生,这就是余静"军医梦"的由来。

但余静上大学却学了工科。2008年,她考进了金寨县中医院,从事电脑维修、信息管理这方面的工作。工作已经完全熟悉和适应后,她又要去当一名扶贫的村干部。"年轻人敢于尝试,我就是要挑战一下,不计后果地挑战。"余静说。

余静开始了解到的大湾,只有贫困的数据。当时,这个有着1000多户的村庄,却有着建档立卡贫困户211户,贫困人口575人。按照扶贫的标准,大湾属于深度贫困村。

余静回忆说,来时一路上没想那么多,沿途梯田绵延,田间有金黄的稻谷,远处是高耸的大山。刚到大湾村,就像到了环绕在大山和丛林中的世外桃源。余静不知道前方会有多少艰难险阻等着她,反而有种新鲜感和兴奋劲。

到大湾村驻点扶贫,摆在余静面前的一切都是陌生的。初来乍到,村里的事好像哪儿都插不进手。余静很快发现,自己低估了这份工作的难度。更让她纠结的是不能回家。"规定很严格,必须住在村里,不能早出晚回。"实际上,即便规定没这么严格,余静也无法每天回家。她所在的大湾村有211户贫困户,分布在大约37个村民组,很多村民组地处深山老林,去一趟要翻山越岭花上大半天时间,工作常常从早忙到晚。

村里来了一位年轻的女干部,这消息在乡亲们中间不胫而走。村民们看到县里派来扶贫的人一脸秀气,都不以为意。有人甚至说:"一个城市姑娘家,来农村能帮咱们干点什么?"余静回忆起当年的场景,记忆犹新。"确实,我刚来的时候,乡亲们对我不是很了解,我去村民家走访,有时候与村民对话都会有障碍,村民们对我有疑问,说一个姑娘家,能有多大能耐?"

"要想做好基层扶贫工作,就得对群众的情况掌握得细致,先要在情感上与他们沟通好。"当时的大湾村书记俞能江向虚心求教的余静透露基层工作经验,让她没事多下村民组特别是贫困户家中走动,掌握民情,了解大家的想法。

脚踩一双运动鞋,挎着一个背包,驻村第三天,扎着小马尾的余静和其他队友一头扎进走访之中。"我们要确认需要帮扶的人员名单,分析他们的致贫原因,要一家一户上门走访。"崎岖不平的土路上,一座座青山间,留下了余静的脚印。有时候早上出门,晚上才能回到村部,中午来不及吃饭,就以随身携带的方便面充饥。"当年(2015年)11月份,县里要开展建档立卡回头看活动,要求彻底摸清贫困户的家底。我们忙得真的连吃饭都顾不上,需要掌握的东西太多了,一家一户每口人算账,就是一项精细活。"余静说。虽然对农村情况还有一定的了解,但这点基础离带领乡亲们精准脱贫的要求还有相当大的差距。为了尽快熟悉大湾村的情况,顺利开展工作,余静加班加点,走村串户,半年时间,体重竟下降了15斤。

山里的太阳似乎格外毒辣。刚到大湾那几天,余静下乡时包里还揣了件防晒衣,但穿上这件防晒衣,她总感觉和乡亲们之间会有隔阂,索性就不穿了。我注意到余静脸上起了一层明显的晒斑,原来白净的皮肤变得黝黑。她打趣地说道:"虽然我皮肤晒黑了,但和村民的心更近了。"余静成了大湾村的一员,对每家的情况也有了全面的了解。"我觉得这样很舒服,有一种成就感。"

在一次又一次的走访中,余静发现,大湾村不少贫困户思想保守,发展意识和脱贫信心不强,内生动力不足,脱贫致富路上缺引路人。

余静清晰地记得2016年第一次走访贫困户杨习伦家时的情景。杨习伦家住在大湾村马路边的低洼处,三间瓦房顶几乎与马路齐平,屋内阴暗潮湿。杨习伦家有六口人,上有两个老人,下有两个小孩。让余静纳闷的是,杨习伦夫妻俩年纪也不大,有手有脚的,怎么就当起了贫困户呢?

余静走进了杨习伦的家。她老婆肖细雨的哭声撕碎了余静的心。

"家穷成这样,我不敢让娘家人来……"肖细雨说着说着家事,就泪流不止。就在余静走访她家的那几天,肖细雨哥哥开车经过金寨梅山县城,兄妹俩通过电话,肖细雨就是不提让哥哥来家里,可挂了哥哥的电话,肖细雨的情绪立马就崩溃了。肖细雨说起这件事,当着余静的面幽幽地哭诉。肖细雨在阴暗的房间哭泣着吐露自己的辛酸,让余静有种钻心的疼。

肖细雨是湖北黄石人,和杨习伦恋爱结婚嫁到大湾后,因家庭贫困,这些年一直不敢接娘家人来家里,偶尔的联系中对自己的处境也是只字不提,久而久之,她心里有了一个结。两口子为这事没少吵过架。

在将近两个小时的交谈中,余静了解到,杨习伦和肖细雨年龄不大,无病无灾,四体健全,但两人没有脱贫的想法,就依靠着自家的五六亩茶园收入,日子过得很清贫。杨习伦家是2014年的建档立卡贫困户,前几年,两口子一直在上海等地务工,干些跟机械相关的活儿,拿着微薄的工资,只够贴补家用。这两年家中老人渐渐年老,一对儿女上学也需要陪伴,为了照应老人和孩子两人返乡。两口子没有固定的收入来源,看见身边有的村民有了低保,便以父母年岁大了为由,动起了"要低保"的心思。

"咱有手有脚有力气,咱可以创造新生活呀!现在精准扶贫政策这么好,大伙儿都铆足劲想大干一场,咱们也可以。只要肯动起来,没咱办不成的事儿。"聊到一半,余静用坚定的神情和语气这样说道:"你看,咱上辈人穷没办法改变,这辈人穷,这日子不是才走一半不是?咱就不想着早日甩掉贫困的帽子,改善生活现状，活出个样儿来？再说了，咱也给孩子们做点榜样。贫穷的帽子可不好看呢。"

这位新来的年轻女干部三番五次上门走访，说着这些听上去还算中肯的大道理，让杨习伦、肖细雨两口子渐渐地动了改变现状心思。

余静几趟下来的走访与谈心，杨习伦终于被打动了，他拍着大腿表态："我们干！听你的！"

一句"我们干"，却让余静既兴奋又忧愁。如何帮扶这户刚刚振作起来的贫困家庭，让她辗转难眠。余静在心里默默定了个目标：一定要让肖细雨在未来的两至三年内，风风光光光地把娘家人接到大湾来，让这个外来媳妇舒口气。

针对杨习伦能干什么，不能干什么的问题多次调研后，余静的思路清晰了起来：一、没有一技之长，但对庄稼人来说养鸡养鸭不是难事，可以搞小规模的家庭养殖业。二、他自家有田地，可以发展种植业，种些天麻等高附加值农作物。三、利用农闲，两口子可以在家门口找些临时工做，增加收入。

在余静的鼓励和帮扶下，杨习伦和肖细雨开始走第一步，在山上老宅子圈地养鸡。从几十只到几百只，夫妻俩经验愈发丰富，养殖愈发得心应手。夫妻俩挣到了"第一桶金"，越忙越有精神了。

"以前，我和细雨茶叶季一过，便在家大眼瞪小眼的，话不投机还喜欢争吵。自从养了鸡，我们每天清晨眼一睁便有忙不完的活儿，累是累点，但是充实呢，干起活也有动力了。"杨习伦说。

只是对于缺乏市场信息的杨习伦来说，销售是个棘手问题。余静看在眼里，又帮他对接县农行。县农行的工作人员每年一人买他五六只鸡，解了他的销售难题。看到山地散养的鸡好销，杨习伦后来又开始养猪，一年下来增收万余元。

"老杨，村里今年种天麻的户子收成都不错，种植天麻还有奖补，你要不要试试？"看杨习伦两口子发展养殖业风生水起的势头，余静又试着引导他们。

此时的杨习伦，心里就像平静的湖面被扔了一颗石头，被激起层层波浪，他开始闲不住了，在听到余静的建议后，连着好多天到处打听种植天麻的技术和规程。半个月后，他在自家山场开辟了一亩多地，开始尝试着种天麻。为了让老杨掌握天麻种植技术，余静安排杨习伦多次参加县里举办的种植技术讲座，让专家手把手教他。

"第一年没有种植经验，排水没有做好，耽误了收成，第二年总结经验，种植很成功。"杨习伦说。他现在不仅种天麻，还在研究试种七叶一枝花，如果能种成，收入比天麻更高。

"老杨，天麻都收了吧？鸡也卖得差不多了吧？最近茶厂用工紧俏，细雨如果愿意可以去试试。"农闲时，余静又来到杨习伦家聊天。杨习伦夫妇对这位"小姑娘"更信任了，而且打心眼里佩服和信赖她。在余静的鼓励下，肖细雨第二天就去茶厂上班了。湖北媳妇不懂炒茶工艺，余静就引荐她参加学习班，很快便掌握了炒茶要领，又多了一份收入。肖细雨在茶厂工作的时候，余静还给杨习伦安排了护林员公益岗位，两口子一年下来一刻也没闲着。一系列的帮扶举措，让杨习伦一家在脱贫路上小跑了起来。

"老杨，你来讲讲！"2016年的大湾村脱贫大会上，当年脱贫户徐可德发言刚结束，杨习伦就被余静点名，要他介绍自己的脱贫经验。杨习伦涨红了脸，挺起腰杆子说："刚听了徐可德的一番话，我受刺激了呢，别人能办到的，我也可以办到，放心，2017年，我一定加把劲好好干。"

杨习伦言出必行。2017年底，杨习伦找到余静，主动申请要求摘掉戴了3年的贫困户帽子："您说得对，这贫穷的帽子，戴着不好看呢。现在咱脱贫了，下一步，我还要努力发展产业，往致富的路上奔呢！"

2018年的茶季刚过，余静找到肖细雨，建议她去附近的农家乐打工。肖细雨立即答应了。

其实，去附近的农家乐打工，余静还有个小心思，就是想让他们小夫妻俩将来也开个农家乐。杨习伦和肖细雨的家就在马鬃岭风景区附近，现在村里农家乐生意越来越火，将来给房子装修装修，也办一个农家乐，想必生意不会差。

2018年9月的一天，肖细雨找到余静，兴奋得说话都有些急促："我把娘家人接到大湾了，你来给我陪陪，让我脸上长长光！"

脱贫后的肖细雨，一改往日的萎靡不振和对娘家人的愧疚，脸上总是洋溢着笑容并散发出满满的精气神。这样的气场不自觉又感染到了身边的人。见此，余静心里有说不出的欣慰。但是，作为扶贫工作者的她知道，当一个脱贫引路人多么艰辛。

余静与村民打成一片,村民都待这位"小姑娘"亲如家人

的确,在与贫困户的朝夕相处中,余静虽一度感到困惑,却也常常深受感动。当你掏出真心,他们必有所回应并付出真情。这种真挚的情感常常能催生一种莫名的力量,使她坚定,一定要给每一户量身定做脱贫方案,带领大家走出穷窟窿!

大湾村的贫困家庭各有各的致贫原因,有因病致贫的,因孩子上学致贫的,也有因家中缺少劳动力致贫的,因家庭成员残疾致贫的,还有因建了新农舍举债而致贫的。余静也注意到,大部分大湾人脱贫的积极性挺高,当看到贫困群众密切关注产业发展政策,主动和她交流的时候,余静的心里便有了底气:"他们对生活有盼头,我对如期完成脱贫任务也有了信心。"

针对每家农户自身的情况及优势,她和村干部们制定出了大湾村"因户施策,因人施策"的扶贫细则。如贫困户陈泽申之前养殖过黑山羊,现在针对他的实际情况,又为他提供了一个辅助

第五章 三个"新大湾人"

性公益岗位,即每天早上花两个小时干"美丽乡村保洁员",打扫村道卫生,这样每个月又增加了 200 元的收入。

在 60 多岁贫困户杨行友家走访,余静了解到老杨有两个孙子,一个读二年级,一个读四年级,因为住得偏远,小孩上学交通费用特别高,家里负担加重。而他的儿子与儿媳妇都靠打零工谋生,收入微薄。余静就替他们申请了小额贷款,让他们养鸡增收,并帮他家出售"山黄鸡",一年下来能赚个六七千元。66 岁的村民汪能耀家里缺少劳动力,而他自己年纪大了,干不了重活,余静就与县里联系,帮他申请了光伏发电的电站管理工作。余静面对面向他传授光伏发电的知识,每年让老汪增加一千多元的净收入。

58 岁的陈泽平是村里最年轻的低保贫困户,也是余静的包保扶贫对象。他没文化缺技术,想搞养殖业又没资金,老伴右手重度残疾,丧失劳动力。他儿子几年前发生意外离世,让这个贫困的家庭雪上加霜。余静多渠道为这个家庭提供帮扶。就业扶贫上,村里为陈泽平安排了护林员的工作;产业扶贫上,村委会提供茶苗 3000 株供他种植茶叶一亩,还为他提供一头猪仔。同时,余静和村里为老陈用好了各类扶贫政策:为其申报 B 类低保;借用公益金 5000 元为其入股光伏发电,年底参与分红不少于 3000 元;为老两口缴纳 240 元新农合及 1000 元补充医疗保险。一年后,陈泽平夫妇热泪盈眶地算了一笔账:"光伏发电入股收入 3000 元,土地流转收入 1500 元,护林员每个月有 500 元工资,一年 6000 元,平时打零工还能挣 3000 多元,加上低保金,全年收入能达到 2 万多元。"2017 年,陈泽平家脱贫了。

69 岁的贫困户汪能保老两口都身患疾病,要长期吃药。当时金寨县落实安徽省健康脱贫兜底"351"工程（注："351"指安徽省健康脱贫兜底，即贫困人口在省内县域内、市级、省级医疗机构就诊的，个人年度自付封顶额分别为0.3万元，0.5万元和1万元，超过部分的合规费用由政府兜底保障。），老两口看病报销比例可达90%。"虽然这项工程不能帮他们挣钱，但给他们节省钱，也是一种帮扶。"余静介绍说。在汪能保的扶贫手册中，除了当地政府购买的大病医疗补充保险，代缴了新农合保险金外，村里还给他们安排了保洁员工作。汪能保高兴地说："如今医药费报销比例很高，他看病花不了太多钱，而如今他家里4.6亩茶园流转费用一年2300元，光伏发电入股每年3000元，保洁员一年2400元，再加上一年养上两头猪，这日子总感觉越来越有奔头了。"

余静（中）向汪能保（左）了解大病医疗报销情况

余静的踏实苦干让村民们对这位城里来的"小姑娘"刮目相看。"没想到这个文静的女子还真有两把刷子，点子还不少呢。"

在此之后，村民们都热情地与她打招呼，每次下村路过贫困户家门口，总有"老熟人"往她手里塞自家种的白菜，给她包里装零食。每当这时，余静就会开玩笑地说："婶儿，叔啊！我这样吃可是会长胖咧！"

"扶贫过程中，有过很多不被理解的委屈，也有不被认可的心酸。后来我明白了，只要你全心全意为大家着想，真心实意为村里多干实事、好事，最终都会得到群众的拥护与支持。"余静感慨地说。与群众打交道的次数多了，余静和乡亲们之间就建立起来一种特别牢固的信任，而这种信任一旦建立，就坚不可摧。

一位女同志，上有年岁渐长的父母，下有一双尚幼的儿女，只身一人奋战在大山深处的扶贫一线，其中的艰辛与困苦可想而知。余静在老乡们面前，基本是乐呵呵的。可有时在无人的夜晚，一个人睡不着，想着自己的两个孩子，泪水会不禁地流下来。余静说："私下里流的眼泪只有自己知道。"

2015年8月10日，余静刚到大湾村10多天，受"苏迪罗"台风影响，夜里11点突降特大暴雨，山洪倾泻而下，40多户村民的生命财产受到严重威胁。风雨中，余静二话没说，与5名村委会班子成员一起扎进齐腰深的洪水中，挨家挨户拍门呼叫。

那次"苏迪罗"台风，村里的道路、房屋遭到了损毁。余静一直忙在一线，连着很多天没有回家，两个孩子在家想妈妈，余静就在电话里哄他们："等妈妈忙完手里的活，很快就回来看你们。"可是孩子们这一等，就等了一个多星期。8月15日周六中午，当看到爱人和两个孩子站在自己眼前，特别是看到才6岁的儿子怀里抱着6个月的小妹妹站在村部时，余静没能忍住眼中的泪水，抱过两个孩子整整哭了半个小时。

"扶贫几年来，孩子们的生活学习，很多方面没有照顾上，在他们最需要母爱与陪伴的时候，我在工作岗位上，确实对他们有点愧疚。"余静说。这几年，他们一家四口人分别住在四个不同地方，女儿跟随姥姥住，儿子随奶奶住，她和爱人一个住大湾，一个住在另一个乡镇白塔畈。一个星期一大家子人只有周五晚上才能聚在一起。每周五晚上，她从大湾回到家已7点多，第二天早上8点钟之前又要赶回村子。这样的日子，风里来雨里去的，一晃如今都两年多了。

"每次回去，特别珍惜和爸妈、爱人、孩子们在一起的时光，总觉得时间过得太快。"余静说，为了方便双方老人照顾孩子，她的两个孩子也只能分在两地居住，两个孩子每到周日分离，便抱在一起松不开。每次回家看到儿子用期待的眼神问她："妈，你今天能陪我睡一晚了呗？"余静说那会儿她心里真是有些酸，这在同龄孩子眼中的最寻常不过的事，可在她孩子那里却成了一种奢望。

2016年4月24日，是大湾村村民难以忘怀的日子。习近平总书记来到了大湾村，整个山村都为之沸腾，余静也是激动万分。在贫困户陈泽申家的小院，习近平总书记同当地干部群众座谈共商脱贫攻坚大计，就是在这里，余静向总书记汇报了大湾村实施精准扶贫的相关举措，并讲述了她的扶贫工作。听到总书记的肯定和殷殷教导，余静热血沸腾，当即向总书记立下"军令状":"大湾村一户不脱贫,我坚决不撤岗。"

余静,为了自己的承诺,带领乡亲们脱贫的劲头和信心更足了。

建一处移民新居,一直是余静心头的一件大事。看着全村有几十户村民住在深山老林里,自然条件恶劣,且住的大多是危房,余静咬牙说:"一定要让大伙住进新房。"她与当地乡政府负责人多少次跑到县里,为安置点选址立项、争取资金、落实招投标。在党委政府的支持下,占地15亩的大湾扶贫移民安置点,经过半年的紧张施工于2016年底拔地而起。32套两层小楼组成的崭新居民区,水、电、路设施完善,还有绿化带和停车场。与原来破旧杂乱的房屋相比,白墙黑瓦的安置点整齐大气,同周边的秀丽风景相得益彰。

如何让村民的腰包"鼓起来"才是精准脱贫的关键,也是余静工作的重点。大湾村毗邻六安市马鬃岭景区(国家级自然保护区),发展乡村旅游是脱贫攻坚的一个重要手段。余静同村"两委"商量,决定挖掘旅游资源,发展乡村旅游业。她想着法子帮助有意向的村民兴办农家乐。对贫困户兴办的农家乐,她更是不遗余力地帮忙。

三年来的驻村扶贫,让余静有了很多工作感悟。她说,作为基层干部,一定要接地气,增加与老百姓的联系,与群众以心换心,干在一起、苦在一起。让群众感受到党员就在身边,群众才能更加信任你。

2017年10月18日,作为党的十九大代表的余静现场聆听了习近平总书记所作的十九大报告。余静说，听了总书记的报告，结合党的十九大精神，她对大湾村下一步的发展思路更清晰了：大湾村不仅要发展乡村旅游，还要在发展茶叶、药材等特色农产品种植方面下功夫，走出一条可持续发展的新路子，不但要脱贫，而且要致富，要让大湾的"好生态"变成"金饭碗"，要让大湾成为最美的新农村。

二

在大湾村扶贫工作一线，乡亲们口中频频提到的除了余静，还有大湾村驻村扶贫工作队的王名香。58岁的王名香，朴实憨厚，穿着像农民，谈吐用乡音，一辆摩托车行走山间，在大湾村深得百姓喜爱。"一听到摩托响，老王到现场。"村民们打趣地说他。

本来已经到了含饴弄孙的年龄，这时候却要卷起铺盖下乡，对王名香来说，心里的确有点落差。快到退休年龄，家里孙女才一岁，儿子正在创业，儿媳妇又怀上了。之前商量好等儿媳生了，他和老伴一人带一个孙辈。这下乡扶贫，一切都得从长计议。

但组织上把脱贫攻坚的担子放到他肩上，也是对他这名老党员的信任与考验。他二话没说，2017年5月1日一大早，他拎上一床被子、骑上一辆旧摩托车，来到了大湾。

王名香对这块土地十分熟悉。他本是花石乡花石村人，从小在农村长大，上世纪80年代在当时的花石公社当过茶叶辅导员、技术员，还先后担任过花石乡副乡长、双石乡乡长、水竹坪乡乡长等，有着丰富的基层工作经验。组织上正是考虑到这些因素，才抽调他到大湾村的扶贫队。

"大湾我熟悉，属最贫困山区之一，产业基础薄弱，但当地产茶、天麻，能养牛，但群众工作可能不是那么好做。"来大湾的路上，王名香就做好了充足的心理准备，知道此行的压力和使命，也知道自己肩上的担子不轻。

不愧是有着几十年的基层工作经验，王名香到了大湾村就撸起袖子忙开了。一辆摩托车，走村串户，一副热心肠，嘘寒问暖。大湾村的大事小事他都了如指掌。"给咱百姓办事，他从不嫌烦。"大湾村的很多村民提起王名香都这样说。

村里梁合金老两口年龄大了，家里电视长时间收不到信号，看不了，两口子信息闭塞又不与外界联系。王名香走访中与老两口攀谈得知此事，二话不说，便跑到屋前屋后查找原因。原来房子外面长了一棵大树，树太高挡住了电视接收信号。王名香说着便提了一把镰刀出门上树，砍下了浓密的树枝，屋里马上传来电视播放的声音。梁合金老人当即拍起掌来："你真是大好人，我们都好久没看到新闻啰！"

贫困户陈亮亮出门打工，留下哑巴老母亲一个人在家，靠70多岁的叔叔陈启才照应。这天王名香在村里走访，眼看着变天要下暴雨，可老人家门口还有三筐玉米晾在外面。王名香来不及喊人便自己忙上了，当他将玉米装好背进屋子的时候，两位老人才反应过来外面下大雨了。

"咱一个小小的举动,解决的往往是他们生活中的难题。"在和老乡们打交道的过程中,王名香总是站在百姓角度思考问题,从来没有什么架子,从小在农村长大的他打趣道:"退休后我也是一位老农民。"

为了带动贫困户脱贫,王名香不惜磨破脚掌,不惧费尽口舌,不少贫困户脱贫的经历让他记忆深刻。其中,贫困户袁文厚的艰难脱贫的故事尤其让他难忘。

51岁的贫困户袁文厚想脱贫却不愿意发展产业。夫妻俩带一个孩子,前些年出门打工没赚着钱,2016年回乡后就守着家里的一亩茶园生活。看到贫困户有国家政策扶持,他多次上村部要求评上贫困户。2017年通过民主评议,他家被纳入建档立卡贫困户。老袁两口子都有慢性病,袁文厚高血压、高血脂,妻子梅淑琴肩胛臼上过钢板。他们一家子住在山头上,偏僻且不安全。王名香起先动员他们搬迁到村部居民安置点,两口子以各种理由拒绝,王名香便反复做思想工作,最终他们同意搬迁。住房落实后,王名香又动员两口子发展生产。"政策再好,还得自己干。"王名香将贫困户该享有的政策一一解释给袁文厚听,建议他发展养殖业。但袁文厚以无养殖成本拒绝。王名香说:"你养猪,我来出成本,你只管养,养大了我来帮你卖,猪死了我不要钱!"可即便如此,还是被老袁以养猪要打猪草,发了猪瘟还赔钱为由拒绝。王名香又想到村头有一大片蔬菜大棚,叫袁文厚任意挑选一块种菜,袁文厚又以距家太远,不方便为由拒绝。几次三番地提出帮扶办法被拒,王名香并没有放弃,而是继续绞尽脑汁,一趟一趟变着点子找到袁文厚，好话说了一大筐，可就是打动不了人家。一次交谈中，袁文厚表达了想养鱼的意愿。王名香立即陪着袁文厚花了三天时间在全村及周边范围内寻找鱼塘，但毕竟是山区，找不到合适的鱼塘。

老袁好不容易有了想法，却又因不好落实实现不了。王名香却从这一次"找鱼塘"的经历中看到希望。他再次找到袁文厚谈心并激励他："你去比较一下村里任何一户贫困户，他们享有的扶贫政策没你多，他们的脱贫信心却比你足，现在他们都脱贫了，还享受政策，你还有什么理由不想法子干？只要你想干，我们帮扶你。"袁文厚心里实在也过意不去了。他说："你三天两头地跑，而且是为我的事，我就是铁石心肠也软了，我来试试在家养点鸡，但本钱没有。"王名香二话不说，从自己兜里摸出刚取的工资，拿出2000元递给袁文厚："你去乡里买30只鸡，先养着，到时候我来帮你卖，赚了算你的。养死了我一分不要。"

接过2000元钱，袁文厚没了退路。当天他骑着自行车真的就去买鸡苗了，第一次，他买了50只。王名香看着他买了鸡苗，三天两头，或早或晚来到老袁家，问他养鸡的情况，给他加油鼓劲。50只小鸡苗一只没死，从小雏鸡养成了大公鸡、老母鸡。当年春节前，当地母鸡卖到了30多元一斤。老王联系到一家县里的单位，对方开着车把鸡全部买走了。一只鸡净赚60多元，袁文厚数着赚到的钱笑了。尝到了甜头，老王鼓励他扩大规模，老袁这次下了狠手，一下子买了300只鸡苗。

在王名香的鼓励和开导下，袁文厚如今又种起了甜玉米，卖给游客和当地的农家乐，又多了条赚钱的路。2018年，老袁家里的人均收入达到了7100元。

现在的老袁精神头明显不一样。"原来油盐不进，如今我一说话就点头说好。"王名香说起老袁的变化，自己也笑了。2018年10月上旬的大湾村脱贫评议会上，袁文厚在会议上站起来表态，要主动脱贫。

鼓励有能力的贫困户努力发展摆脱贫困的同时，王名香也考虑到部分需要政策帮扶的大湾村民。"我来的时候，村里的五保户就有50多户。50多户五保户还有30多户住在危房里。"王名香说这成了他的心头事。

王名香想着赶紧得解决好五保户的住房问题，可是村集体拿不出修建房屋的资金。于是他将这事反映到乡里，并以村委会的名义给县民政局写了一份书面报告。随后，王名香就跑到各家单位积极协调。一辆摩托车，一副黝黑色的面孔，几趟跑下来，还真是争取到了不少钱。县中医院出资8万元，中国农业银行六安分行出资5万元，古井集团出资20万元，多方筹集，终于落实了资金。现在，在大湾村的村东头建起了10间五保户周转房，每户25平方米。看到五保户们对新建的周转房十分满意的表情，王名香说他那悬着的心这下总算踏实了。

三

大湾扶贫工作队还有一位小伙子叫潘新。潘新是一位80后小伙，2017年2月，从中国农业银行六安分行客户经理岗位上，来到大湾扶贫。来到大湾后，小伙子不怕苦不怕累，冲在扶贫一线，为大湾村的村民们做了不少实事。

乱沟组汪德新是两女（注：家里有两个女儿）贫困户，老宅子位于乱沟组偏僻的山头上，一家人移民搬迁后，老宅基地附近种植了点天麻。为了管理这些天麻，每天早上汪德新从花石骑摩托车到乱沟组，晚上再返回花石。山上山下的跑，来回要近一个小时，还要步行一段路才能到达他家。潘新了解到汪德新奔波辛苦，就鼓励他扩大种植规模，并发展养殖业。潘新先帮汪德新落实了扶贫小额贷款，又帮他在农行贷了两万元扶贫快捷贷。在潘新的鼓励下，老汪用这笔钱购买了一百多只鸡，又在山上拓展了种植天麻的面积，2018年终于脱贫了。

来大湾村后，潘新充分发挥自己在农行工作的优势，先后为村里5户贫困户申请到扶贫快捷贷20万元。为了方便村民支取现金，2017年5月，他提议并经村"两委"通过，在村部设立了惠农服务点，10月，又促成农业银行六安分行在大湾村部投资30万元建了一座自助银行。"以前村民取钱都去花石乡自助银行，车费就要5元，现在村部有了取款点，大家方便多了。"潘新说。

"本来坐办公室的，现在到大湾天天这么上山下乡走访，累吗？"我问。

"苦点累点倒是不怕，毕竟现在年轻，睡一觉感觉精神头就缓过来了。"潘新说，有时候让他觉得苦的是对家和孩子的牵挂和愧疚。潘新刚到大湾的时候，爱人正怀有5个多月的身孕，儿子快出生的时候，爱人自个办好了住院手续待产了，他才从大湾村赶到医院。儿子出生后 4 天，他又返回到了扶贫岗位上，这一年多，孩子打预防针、生病发烧，潘新几乎都不能陪在身边，全靠父母和爱人拉扯。

潘新说："当了扶贫队员，苦是苦一点，但看到自己能实实在在帮乡亲们做几件事，能通过自己的努力让大家的生活真真正正有了变化，就觉得个人受的这点苦、这点累算不上什么了。"

春种一粒粟，秋收万颗子。2016 年，大湾村脱贫 18 户 63 人；2017 年，脱贫 31 户 105 人。这些看上去普通的数字，在大湾村扶贫工作队成员们看来，却是一场场"战役"打下来的成果，包含着多少艰难和困苦，凝聚了多少汗水和泪水。"大湾村实现全面脱贫，还得加油干！"说到这里，余静看着王名香、潘新，大家微笑着攥了攥拳头。

第六章
六个老贫困户 >>

在大湾的日子里，贫困户是我们的重点走访对象。他们是否真正脱了贫，又是如何脱贫的，他们是怎样致贫的……带着一系列的疑问，我们多次与贫困户们接触。按照我们最初的想法，想找一些不同类型的贫困户，他们有的是传统意义上的真正贫困户，年龄大，又有病，丧失基本的劳动能力；有的是有能力，但缺少致富的手段或者缺乏脱贫的想法和要求的；还有的是因祸从天降，一夜致贫的；等等。村里给我们提供了6户人家，可以说各有各的致贫原因，他们都是最普通的百姓，家家都有本难念的经，让我来展开他们的群肖像。

一

嫁到大湾村20年后，"外来妹"王新云如今真的过上了多年来梦寐以求的生活。

加盟品牌农家乐的王新云笑开了花

第六章 六个老贫困户

从贵州省松桃县盘石镇下标山村,到安徽省金寨县花石乡大湾村,两地相距一千多公里,但因为爱情,王新云用心把两地联到了一起。她来到大湾这个穷山村,时间一晃就是20年。20年来,王新云饱受贫穷、颠沛流离的生活之苦楚,在苦和累中,她靠着勤劳与勇敢,抓住精准扶贫的好机遇,改写了汪家的贫困历史,书写出了自己的美丽人生。

时间回到20年前。

1998年腊月二十八凌晨三点时分,王新云随未婚夫汪达安在辗转了十几个小时的车程后,再转乘三轮车四个多小时,来到了陌生的乡村。眼前一片漆黑,耳边呼呼的山风,篱笆旁不时传来犬吠,让王新云不觉将头靠近汪达安的怀里。毕竟是热恋中的人儿,王新云虽然平日里听汪达安说起过家里的情况,但还是对这个新家的一切充满了好奇与期待。

1997年,在上海一家圆珠笔厂上班的17岁贵州姑娘王新云遇到了在同座城市打工的金寨小伙汪达安,汪达安的朴实善良虏获了姑娘的芳心,王新云认定,这正是自己要找的意中人。按照中国的传统习俗,王新云这次是新媳妇回家。

离汪达安家不足百米处,就是白水河,但因为河上没有桥,住河对岸的农户即使大冬天也要蹚水过河。王新云不是娇娇女,她牵着汪达安的手下河蹚水。

"浑身都已经冻得发抖,却要卷起裤管下河蹚水……"回忆20年前的场景,王新云仍感觉历历在目。

让王新云感到失落的还在后面,汪达安家的贫困远比她想象的要严重:破旧的两间土坯房里连一件像样的家具都没有,漆黑的房屋里只放着一张老式床。因为刚刚到家,家里又没有准备,那天晚上，王新云和婆婆挤在一张床上。公公睡在牛栏上方堆放农具的隔板间，汪达安则借宿同村堂弟家。

"后来我才知道，我公公脑子不太好使，平时也不说话。他们家在大湾村张湾组是出了名的贫困户，两个姑子已出嫁，家里除了婆婆种点菜维持度日，无任何其他收入。"王新云说，当时的大湾村，土坯房特别多，贫困程度远远超出自己的意料，一到晚上，全村乌漆墨黑的。想到这里离家千里远，这么一个穷山村，未来的命运该走向何处，她失眠了。

"当年没和家人说起嫁到大湾的事，怕他们伤心啊，来到这么穷的地方，还这么远，害怕爸妈经受不了这样的打击。"时隔多年王新云谈起这件事，眼里仍湿漉漉的。王新云说，直到女儿出生的第二年，家人才知道她在安徽大别山的深山里成了家、生了娃。

留着一头齐耳短发，圆溜溜的黑眼珠，一副小巧玲珑的身板，干起事情来麻溜快，这是她在乡亲们眼中的样子。这样一位颇有灵气的小女子，出生在贵州大山里的农村，从小就想着要走出深山。王新云是家里最小的女儿，上面有四个哥哥，家里条件差，父母身体不好，还要供养五个孩子。初中一年级的时候，王新云为了减轻父母负担，萌生了出门打工挣钱的念头。上初二那年，这样的想法更加强烈。1991年，15岁的王新云拿着初中二年级下学期的两百元报名费，和表姐姚玉桃坐上了南下的汽车。她们辗转来到广东，并很快在一家生产批发油彩笔的工厂上班。

"拿到第一个月工资，我便飞奔去了附近的邮局。"王新云回忆，那时工资每月500元，她都是先将400元寄回家，自己留100元买衣服、交房租。长她两岁的小哥哥王新玉那会正读高一，这些打工工资不仅贴补了家用，还维持了哥哥王新玉的学费，一直到他大学毕业。

贵州和金寨，相距千里，王新云和汪达安因缘而识，1997年，王新云到上海一家圆珠笔厂打工，和同样在上海一家气体站上班的汪达安同时租住在了一户房东家。

"我个子小嘛，他一米七五，长得也可以，人勤快、爱干净，还特别善良，手工活干得特别好，平时我和宿舍的小姐妹电视机坏了、凳子坏了，他都能轻松弄好的。"说起初识汪达安，王新云脸上漾出一丝幸福的表情。

"我当时和湖南的一个小妹儿住一个屋子，他住对面，我们看他房间收拾得挺干净的，时不时也能聊一会儿。"王新云说，第一次他约我和小妹去看红叶，我们算真正做了一次初步的了解。他大我八岁，特别心细，会照顾人。从此两人便成了无话不谈的好朋友。相处中，汪达安也被这个心灵手巧、勤快能干的贵州女孩深深吸引。

从朋友到恋人，和所有恋爱中的男女一样，王新云总是对所有关于汪达安的事情感兴趣，包括他的出生地和家庭。

"没去他家之前，他跟我说起过大湾村是个山清水秀的地方，但是家里条件差得很，我就会追问到底有多差。"王新云说，每当这时汪达安总是低头沉思，好像有很多心事。自小过过苦日子的王新云知道那是一种什么样的自卑和委屈。那时候王新云就在心里暗暗生出决心：不管路多难走、前方有多困难，认了这条道，就会和爱人一起走下去。

爱情的魔力让王新云超越了对贫困的恐惧。少时梦想着走出大山的王新云，仿佛宿命的安排，走出贵州大山后又走进了另一座大山。

那年,第一次来大湾村,王新云在汪达安家过的新年。按照山里的习俗,新人头趟来,要放鞭炮迎接,也许从那一刻开始,王新云就默许了自己就是汪家的人。

汪家一贫如洗,除夕之夜也没有个热乎的菜,晚上睡觉都是难题。可就在这样的环境里,王新云却能感受到家庭的温暖。

"达安待我特细心,虽不善于表达,但考虑得特别周到,婆婆很善良,待我像亲生女儿,村里人见面也很热情,山里环境好,我好像还挺喜欢这个地方的。"王新云说,面对贫困她没有埋怨和放弃,心里想的是开年后怎么和汪达安一起努力打工挣钱,把家里房子盖起来,至少过年回来有个能住的地方。

开春后,在一挂送行的鞭炮声中,小两口返回上海打工。2000年,两人的第一个孩子女儿汪倩出生。

"现在想起来,那是我们最艰难的时候。"王新云回忆,因为生孩子不能去打工,里里外外全靠汪达安一个月几百元钱工资来支撑,女儿刚出生,房租要交,每个月都要借钱用才能生活。

"至今想起倩倩刚满月的时候第一针疫苗因为没钱就没有打,心里总是愧疚得慌。"王新云说:"当年80块钱的接种费都交不起,唉!要是搁现在,怎么样也得给孩子打上。这事直到现在还是19岁的汪倩心里的一个结:学校别的同学胳膊上都有朵花,就俺的胳膊上没有。"

汪倩的出生,给小家庭带来了无尽的欢乐,也让两人的肩上增添了一种使命。眼看着孩子一天天长大,王新云心里总想着要给孩子更好的生活环境和物质条件。可现实情况是,人家孩子有的汪倩却没有。贫穷,限制了发展,让人有点迈不开步。

"我和达安商量了,孩子一满月我就去上班,孩子两人轮流带,房东老板都帮我介绍好了工作,可是后来发现不行。"王新云说,孩子太小,根本离不开娘,自己上班还得找保姆看护,算下来价格更高。孩子两岁那年,王新云再也按捺不住急躁的心情,搭乘上去贵州的汽车,将孩子送到娘家,让母亲帮忙照应。王新云清晰地记得:那是初春的一个清晨,放下孩子,望着已经生出满头白发的父亲母亲,她强忍住泪水转身离开,返程来到上海上班。

没想到这孩子在贵州娘家待了一个月就变"哑巴"了,在姥姥家的第二个月,便一句话也不说了。孩子的姥姥这下急了,打电话叫人传话给王新云,得赶紧把孩子接回身边去。

"我去接汪倩回的那一刻,她见了我竟然喊我大姐,我们娘俩抱头痛哭了好大一场,我母亲也抱着我们哭。就那时候,心里真的感觉到苦……"王新云将孩子带回上海后,日子又恢复了从前的状态,丈夫一个人干活养家,生活捉襟见肘,很多亲戚朋友连几百元钱也不愿意再借了。

汪倩长到6岁,要上小学。王新云咬咬牙把孩子丢给婆婆带,在大湾上小学。那会儿公公身体状况渐差,常常大小便失禁,婆婆要服侍公公还要带娃,家里条件相当清苦,想起这些,王新云和丈夫有一百个不放心。可是,王新云不甘于这样的贫穷现状,她想改变命运。2006年,大年初六,纵然有千万个不舍,王新云和丈夫汪达安还是坐上了北上的火车去打工。

那几年间,每次回来看孩子,孩子都抱着她的大腿哭上半天,可是擦干眼泪,还是得走。婆婆照顾孩子不讲究,小汪倩经常身上滚一身鸡屎,一张脸弄得就像花脸猫。大冬天的一件漏絮的破棉袄能穿上一个月。王新云眼里见着愁，心里苦，可转念一想再熬几年，孩子和老人就不用再这么吃苦，也只能忍着。每每想到这些，她在外打工就更卖力了，在圆珠笔厂上班，她干活的速度抵人家将近两倍，工资也拿得比别人多。拿了工资，她便悄悄攒着，全部装进一个皮夹里。汪达安在她的感染和激励下，干活也比以前更卖力，每月工资除了寄部分回家给老人孩子花销，全部交给王新云，几年下来，小夫妻俩还清了之前欠下的外债，竟然还有了点节余。

为了打工挣钱，王新云连着六年没有回娘家。2008 年，王新云怀上了二胎，也就在那年，父亲病重，身怀六甲的王新云和汪达安带着女儿，一路上流着眼泪回到了贵州。几年不见，父亲已经形如枯槁，当年她眼中全家的顶梁柱早已弱不禁风。进门的那一刹那，看见父亲斜靠在床头无力的样子，王新云再也控制不了自己的情绪，趴在父亲的床头呜呜哭了起来。

父亲后来撑着过了两月余。王新云刚生完儿子汪纬，就接到了父亲去世的噩耗。自己离开家的时候还和父亲说好马上会再回来看望他，没想到这么快父亲已经不在人世，月子里的人又不能出远门，那段时间，王新云整天以泪洗面，全然不顾自己刚生产完需要静养。

"我母亲 72 岁了，身体也大不如前，前几年我接她来大湾小住过一次，但相见的时间还是太少了。"王新云说起娘家双亲，总是泪眼蒙眬。母亲总是放心不下她，生怕这个自己最疼惜的小女儿忍受不了贫困的折磨。王新云说，可能是年幼无知，或许是丈夫无微不至的爱，那么多贫困的日子竟然也糊里糊涂地过来了，现在想起，倒也不觉得有多苦。

2007年,汪倩上小学二年级,家里的情况也逐渐好起来。但农村家里两间土坯房夏天漏雨、冬天吹风,实在不适合全家居住。手头上有了两万元节余的王新云和汪达安决定先盖三间平顶房。2016年,用打工存下来的钱加上向亲戚朋友借的钱,在三间房的基础上又加盖了两层。这样,逢年过节从外打工回家,一家人总算有了可以安心居住的地方。

为了陪伴两个孩子上学,王新云在家不去打工了。喂鸡养鸭、种地收稻,上山捡柴做饭,照顾两位老人和孩子,家里收拾得一尘不染。汪达安则去浙江找了一份机修工的工作,一年只能回来一两趟。这里里外外,全靠王新云一个人打理,日子过得清贫倒也充实忙碌。闲时,她去附近新开的老檀主山庄帮忙洗盘子,秋天,她则当起导游,带领游客去附近的风景区游玩,一趟下来也能挣个两百元。

在大湾村的正南偏西方向,便是马鬃岭风景区,这是国家级自然保护区,大别山中部最著名的风景区之一,被誉为华东最后一片原始森林。每年深秋,漫山万紫千红,红叶绚烂,景色旖旎,王新云第一次去马鬃岭就被这里的景色迷住了,没想到自家附近有这么一处美丽的景点呢。她当时更没想到,依托大山,会脱贫致富。

2014年,王新云家在当地党委政府摸排中被评为建档立卡贫困户。系列优惠政策汇聚,精准扶贫暖了一家子的心窝。

健康扶贫、教育扶贫、就业扶贫、光伏扶贫,各类扶贫政策补贴一下倾斜过来,大大减轻了王新云的生活负担,也让她松了一口气。在她的内心里,发家致富的念头开始在悄悄生长。

大湾村的一件大事,彻底改变了王新云的生活轨迹。2016年

4月24日下午,王新云正在老檀主山庄忙活,突然外面传来消息,习近平总书记来到了大湾,正在走访贫困户。

"想都不敢想,当时我端盘子的手都有些抖,好想去现场看看,可是活太忙,哪都不能去。"王新云说。

习近平总书记到大湾后,大湾村里客人不断增加,很多人是来旅游的,来老檀主山庄的客人比往年几乎增加了一倍以上。山庄家的客房爆满,多出的客人,老板漆德华安排王新云往别家引荐借宿。

看着日益火爆的农家乐,王新云也有了一些想法,农家乐生意这么红火,人家能办,为什么我不可以?可以改造自己家的三层楼,学老檀主山庄,兴办农家乐!王新云被自己的想法吓了一跳,到下半夜兴奋得睡不着,她马上拨打了汪达安的电话。

"这么晚你怎么不睡觉?"电话那头传来了没睡醒的声音。

"我跟你商量个事,现在村里发展势头这么好,来这里旅游观光的人这么多,我们这几间房放着空着,不如装修一下咱也办农家乐?"王新云在电话里与汪达安说起了她的想法。

在汪达安看来,王新云的这个想法有些荒谬。虽说家里日子比以前好过了许多,可刚加盖完二、三层楼,家里没了余钱不说,过惯了苦日子的他压根想都不敢想马上再弄房子的事,更别提建农家乐了。

"睡觉吧,我早上还要早起呢!"电话那头汪达安说了一句,便挂了电话。

王新云的心却按捺不住,兴建农家乐的想法在心里越发强烈。2017年2月下旬,时任大湾村书记的俞能江在入户走访宣传扶贫政策时,了解到王新云的创业想法后,给了她鼓励支持。

3月上旬，俞书记帮助她申请办理了扶贫小额贷款，并告诉她可以申请贫困户创业贷款和创业奖补。有了村书记这番话，王新云鼓足了勇气，三月份便找来了木工、瓦工和水电工，准备撸起袖子大干一场。

王新云规划好了：一楼做餐饮，二楼、三楼做住宿。隔出四间房，十张床铺，城里人爱干净，每个房间都要隔出一个卫生间……这样想着，王新云的思路便越来越清晰，干劲十足。可丈夫汪达安还是不理解、不支持，有的村民还一旁泼凉水。王新云却倔强地坚持着，把全部的活揽下来自己干。搅拌水泥、买装修材料、给工人烧茶倒水做饭，一个月时间不到，王新云的手上起了厚厚的老茧，脸上被风吹得漆黑结壳。

兴建农家乐的过程中，最让王新云头疼的还是资金问题，到了快布置房间的时刻，王新云翻箱倒柜，家中已经分文不剩，资金断流了。亲戚朋友该借的都借了。感觉山穷水尽之际，还是扶贫干部送来了及时雨。村里的扶贫专干潘新为王新云在中国农业银行六安分行申请了扶贫快捷贷，十万元资金快速到账，解了王新云的燃眉之急。恰在这时，通过电话了解到王新云近况的哥哥王新玉又悄悄往她账户上打来两万元，筹齐资金的王新云这下总算舒了一口气。

经过几个月的装修布置，2017年10月1日，贫困户王新云家的"新云农家小院"开张营业，看着客人一茬接一茬，王新云笑了。

王新云回忆说，没想到"十一"来大湾参观游玩的人会那么多，长假七天，每天晚上十张床铺都订满，三张饭桌不够吃，游客排队翻桌，这可把王新云忙坏了，喊了邻居来帮忙。城里人都爱品尝山里的土味，王新云便根据自己的拿手菜列出了一张菜品清单：金寨黑毛猪、金寨黄牛肉、土公鸡、野生小河鱼、手工豆腐、乌鸡养生汤……品尝了美味的山里黑毛猪和乌鸡的鲜美，很多客人临走时还不忘预订过年吃的猪肉，捎带上两只土鸡。一个"十一"下来，王新云农家乐营业收入加上卖农特产品收入将近3000元。

王新云在整理农家乐客房，开了农家乐后，王新云充实而忙碌

农家乐首次开门营业便取得了开门红，这对王新云来说是一种全新的体验：忙碌、充实、幸福、成就感，这在以前是没有的。王新云似乎一下找到了努力的方向和定位，一有空她就整理房间，收拾小院。她家屋后便是大山丛林，农闲她就上山采摘蘑菇、灵芝、天麻、野菜，弄回来晒干或放冰柜，等客人来了这些都是美味。她还扩大了自家养殖规模，养了两头猪、二十多只鸡，后山上又种了红薯。周边农户也沾了王新云的光，遇到客人

需要购买土特产，王新云就把他们往邻居家带，代销了好多土猪肉、山粉丝和土鸡。

在王新云的家，她给我拿来了她家的扶贫手册。翻看2017年第三季度记录，一笔笔账目明细如下：务工收入9000元，公益性岗位报酬800元，特色种养业奖补3000元，农家小院奖补20000元，公益林补贴411元，农村贫困两免一补500元，农家乐经营收入2000元，养殖收入5700元。总收入达24560元，当年一季度收入11000元，二季度收入12000元，四季度光伏项目分红5774元、技能培训生活补贴375元，再算上汪达安在外就业奖补500元，全年收入50000多元。这一年，王新云家脱贫了。

"如果不是村里大力支持，我的农家乐根本办不起来。"吃水不忘挖井人，这些年，王新云对扶贫政策以及村干部对她的帮扶与关心一直心存感激。她说起俞能江书记、说起余静，就像是在说自家的亲人。想当初，为了帮助王新云发展农家乐，扶贫队与村干部们没少花心思。王新云家起初是三间平顶房，后来加盖的二、三层，按照国家有关标准，建档立卡贫困户人均住房不得超过25平方米，而王新云家三层加起来的面积远超出了标准。为了支持贫困户创业，余静和村班子成员多次商议，最终决定在土地上予以支持。危房改建、创业奖补、就业奖补，该给贫困户的资金政策一并给到位，为了帮助王新云的农家乐做大，余静还引荐她加入了省妇联妇女创业项目"徽姑娘农家乐"，鼓励她参加农家乐、茶叶种植等多项技能培训。

"你看看，上次余静推荐我加入妇女创业扶持项目，我家现在都用上了徽姑娘标志字样，规范着呢！"

2018年9月底，我们走进王新云家中，她一个劲喊我们参观农家乐的设施设备，白色的被子、围裙上都用上了徽姑娘标志，还有花围裙、头巾，全部按照徽姑娘农家乐标准来，客人见了，都纷纷竖起大拇指，表示信得过。王新云说的"徽姑娘"是安徽省妇联一项妇女创业扶持项目，加入这个项目，不仅可以定期接受"徽姑娘农家乐"的提升培训，还有一笔5万元的项目扶持资金。兴办农家乐，让王新云眼界更宽了，也有了和外界接触交流的机会，每次参加培训回来，王新云都深有感触，罗列出自家农家乐目前存在的不足，以及下一步需要整改提升的地方，她对未来信心更足。

"现在村里做农家乐的有四家，都在想着怎么提升层次，目前我最不理想的就是门前的道路没修好，每次客人过来一遇下雨天行路就不方便，有条件的话我还想拾掇下我的小院，挂上红灯笼，扎起围墙，布置点景观，客人来了也有点农家喜庆的氛围。""农家乐有淡旺季，现在呀，我就盼着咱村及周边的旅游能再做大些，基础设施能更加优化点，这样我们农家乐的生意就能四季做下去了。"王新云憧憬着。

"大姐，中午给我们炖一只乌鸡，再上盘麻辣菜！"2018年10月3日，从阜阳来到大湾自驾养生游的朱先生等四家八口人径直来到了王新云家，这是去年"十一"的回头客，加了王新云的微信，爱上山里的土味和大湾的环境，今年又带了几家朋友一起来这里游玩养生。

"好咧！"王新云清亮的嗓音答应着，隔壁桌子的蚌埠客人不觉转过头来，也加了一盘麻辣菜。国庆期间，新云农家小院欢声笑语，生意红火，10月8日晚上，王新云一算账，国庆长假，毛收入7000多块钱呢！

"阜阳的朱先生这次来住了三天,我给他们炖了五只鸡,临走时还买了十只,他们还预订了我家的一头年猪。"王新云说,这些客人现在都和她是老朋友了,偶尔在微信上互动,自家农产品现在都不愁销。王新云一边说着一边翻起自己的手机微信通讯录给我们看,合肥、阜阳、蚌埠、六安等周边的朋友就有几十位,这些也都是她的老客户。

"11月中旬,马鬃岭将迎来最好看的时候,漫山姹紫嫣红的,还会有一波观景高峰,这几天我得上山采些野菜,备些食材。"王新云说着,要背起竹篓上山。这两年,每隔一段时间,她都会和附近的农家乐姐妹结伴上山采野菜。春天的时候起早骑车一个多小时,再步行几十分钟,深入到附近的大山里寻找苦菜、麻辣菜、野生天麻、香菇,一天下来能将带来的口袋装满,重达六七十斤。

这些年,王新云已经渐渐习惯了大湾的生活,曾经的外乡女人成了地道的金寨人。守着自家日益红火的农家乐,眼见着两个孩子长大,想着家里又脱了贫,丈夫每月在外务工都能拿到工资,王新云心里美滋滋的。

她告诉我,前几天,她把70多岁的母亲接了过来,带她去马鬃岭山里看红叶,炖老乌鸡给老人家吃。看到王新云如今的日子过得风生水起的,老母亲脸上总算露出了欣慰的笑容:"要是你爸还在,看到你现在这样,也高兴咧!"

母亲在大湾住了小半个月,临走时,王新云数了数鸡窝里的鸡,还有八只,便一股脑儿抓起来,用细麻绳拴好,让母亲带回家给哥哥们品尝。送行的火车站,望着母亲还算硬朗的身板,王新云哭了,又笑了。

二

"网红"是近些年一个诞生于互联网时代的新名词,大湾村的陈泽申老汉就是一名"网红"。

9月底,天气不冷不热,夏日里的炎热渐渐走了,秋的凉爽气息缓慢而来。此时大湾村的色彩是绿中带黄,远处的群山仍有着绵延不绝的绿,黄色是那丰收的稻田,都是大自然奉送的美丽,显得那么恬淡、优雅。

带我去探访大湾村"网红"陈泽申的,是扶贫工作队队长余静。去之前,余静对我说:陈泽申老人有两处房子,一处是以前的老房子,另一处是新搬迁的楼房,老房子现在已被征收了。但我还是建议你去老房子找他,他和他的那处老房子可是我们大湾村的"网红",他多半时间在那里接待游客。

车子从村部出发后行驶不到10分钟,停在了一处位于半山腰上的路边停车带上。余静说:"到了。"下车前我看了一下手机,时间已是下午3点22分。我寻思着:这个时间进山的游客应该很少了吧,因为山里这个季节5点多就天黑了,抓紧时间干活的话,下午没准能完成采访任务呢。可没想到,刚从车里走下来,眼前的热闹景象让我瞬间觉得愿望要"破灭"了。

我的眼前是几间破旧的白墙瓦顶土坯房和两间红砖瓦房组成的一个农家院落,土坯房外墙刷的石灰已成片被雨水剥蚀,但这个破旧的院落此刻格外热闹,十多名外地游客正围坐在院落中摆放的十几张小椅子上,聚精会神地听一位老人神情激动地讲述着什么。余静并没有像我一样惊讶于眼前的场景,她指着那位精神矍铄的老人对我说，他就是陈泽申。"2016年4月，习近平总书记来我们大湾村，就是在这里与陈泽申等众乡亲围坐拉了一个多小时家常。"

虽然我之前在电视、报刊等媒体上看到过很多有关陈泽申老人的报道，但一直没有亲眼见过他。我仔细打量了一下，只见他身材瘦小，个头不高，脸庞上带着山里人的黝黑，穿着一件洗得有些褪色的蓝色中山装，与周围打扮时髦的城里游客形成鲜明对比。见老人的讲述告一段落，余静连忙带着我走近陈泽申老人，向他说明了我的来意。老人很热情，带着憨厚的笑容，连忙伸出手来与我握手，他的手虽然粗糙但很有力。老人说："对不住啊，现在游客多走不开，你等我一会，送走了这批游客再陪你聊。"

"老陈，你过来陪我们合个影呗！""老陈，快来啊！"……这时，几名游客同时发出邀请，一名手里拿着小旗子的女导游则直接来到我们身边，对陈泽申老人说："老陈，你快过去吧，他们都是杭州的游客，大老远来的，等会还要赶到金寨县城坐动车回去。"老人没说二话，很配合地走到了他们中间。

我一看这阵势，估计一时半刻结束不了，便随着导游走进这间老房子里参观。进屋后，便闻到斑驳的墙壁散发着淡淡的霉味，房屋里显得有些昏暗，里面的家具以及电视机等与这间房子一样有着深深的年代感。导游是一名地接，是金寨县当地人，对大湾村的一切都很熟，她对我说，几乎每周都要带游客来参观，最多的时候一天她带了四辆大巴车的游客。"现在游客来大湾村，老陈这里是必到的'景点'，现在还不是旺季，'十一'肯定会更多。"我问导游："这些游客们到大湾村都想看什么？"导游回答说:"他们大多是想走一走总书记的足迹,看一看总书记走后这里的发展和变化。其实,这几年除了团体游客,慕名而来的游客或许更多。"因为惦记着外地游客的行程,导游说完便出门催促游客尽快动身。

等到老人挥手送走游客,我走到他的身边问他:"老陈,你每天要接待多少游客,有没有数过啊?"老人用手挠了挠头说:"这个我还真没统计,不过现在还不是游客最多的时候,节假日人更多,最多的时候从上午开始,一直到天快黑了游客还没走完。"我调侃道:"这么多游客来你家,如果你像其他景点一样卖门票你可就发财了!"老人连连摆手说:"这可使不得!习主席来我们这里是关心我们这些贫困户,游客来这里既是看望我们,也是了解我们现在的脱贫情况,要是收他们的钱那还像话吗?再说了,在党和政府帮助下,我现在不愁吃、不愁穿,啥都不缺了,我也想让更多人知道我现在的幸福生活。"听了老人的话,我笑着向他竖起大拇指。

游客走了,只剩下我和陈泽申老人,院落顿时清静了,我正打算开始采访,老人突然一拍脑袋,说:"哎呀,坏了,我忙忘了,我养的两只羊下午还没放,要不我把羊牵到屋后的林子拴着放,几分钟后就回来陪你!""要不我陪你一起去吧。"我说。老人想了想,说:"这样也行!要不然一会说不定还有游客来,还是会耽误你采访。"说完,老人便打开羊圈,把一灰、一白两只山羊牵了出来。

陈泽申在山坡上放羊,卖羊曾给他带来了1万多元收入

初秋的大湾村,野草高的长过腰,野菊还有一些不知名的黄色、红色、紫色的野花遍布山野,一簇簇、一丛丛,在秋风中微笑着。老陈就在这样的景致中开始了我们的交谈。陈泽申老人已经69岁了,虽然已近古稀之年,但身板却很硬朗,他牵着两只山羊走起山路步伐也非常稳健。从他的老房子到放羊的林子不远,出门后绕过一个小山头便到了。羊儿很乖,悠闲地吃草,老人饱含深情地看着羊儿,开始了回忆。

老人告诉我,他是1950年出生的,出生地并不在大湾村。"我们一家人是因为修梅山水库举家移民到大湾村的。到大湾村时我刚满5岁。"老人说,他对如今已淹没在梅山水库下的故乡、故居并没有什么印象,但是他记得以前父辈们的生活也是一贫如洗,而搬到大湾村后,他们一家的生活并没有任何好转。

在老人的记忆里，搬到大湾村后，各方面的条件还是艰苦的，饥饿是常有的事。他的父母育有子女9人，7男2女，他排行老五。那个年代农村都是大集体劳动，靠挣工分拿口粮，家里孩子多，就他的父母，大他12岁的大哥三个劳动力上工，一年忙到头，到了年底结算的口粮也难以喂饱一家这11张嘴，经常是吃了上顿没有下顿。没有吃的怎么办？一家人只好早晚喝玉米、红芋熬成的糊糊，中午才能吃一顿干饭，并且他们家里还有个不成文的规矩：干饭得让干活挣工分的大人们先吃饱，因为这样他们干活才有力气。

在那个年代，对当年生活在这块贫瘠落后土地上的人来说，没有什么能比每天吃饱肚子更为幸福的了。老人说，因为他们贫困的家境，兄妹9人几乎没有进过一天学校。穷人的孩子早当家，大约12岁那年，瘦弱的他便与父母和哥哥们一起在生产队上工。当时，能挑能扛的"满劳动力"每天能挣10个工分，换算成口粮大约不到半斤。而当时他这个年龄的孩子，虽然干得格外卖力，但也只能和妇女一样算"半劳动力"，每天挣的工分粮连自己都难以吃饱，更别提减轻家里的负担了，所以一年到头这个11口之家依然没有余粮。

物质匮乏的时代，他也和别的孩子一样天天盼望着过年，倒不是幻想过年有大鱼大肉吃，这在贫困的家庭近乎"非分之想"，而是因为过年时生产队会给村里每个人分到2两的黄豆，能吃上白嫩的豆腐，对他来说，在当年就是等同于鱼、肉般珍贵的"荤菜"了。不过在老人的印象里，比起经常要忍受的食不果腹，更让他们一家11口人难过的是——搬到大湾村后，始终没有属于自己的房子。

老人至今仍记得,到大湾村后,一家人短短几年里搬了三次家。头两次都是临时借别人家的老房子住,住了没多久,房主说要用房子,一家人只得立即搬。"那时村里有人认为我家这样的'移民'是外来户,占了他们的土地、山场,不少人别说帮我们了,是想着办法挤走我们。"老人说,到后来他的父母也觉得这样下去不是办法,没有钱盖新房也不能老是"寄人篱下,处处低头",于是就搬到村里一座荒废的庙里安顿了下来,庙里破破烂烂四处漏风,连床都没有,他当时和几个兄弟挤在一个用木棍搭起的通铺上。老人掐着指头算了算,在那座破庙里,他们一家人硬是"蜗居"了大约 30 年。

金寨是全国著名的"将军县"。革命战争年代,全县先后有 10 万英雄儿女参军,走出了洪学智、皮定均等 59 位开国将军,有着"红军的摇篮、将军的故乡"的美誉。新中国成立后,贫瘠与荣耀并存的金寨,报名参军入伍仍是这里的主流,而对于当时像陈泽申这样的青年来说,参军入伍可能是吃饱肚子、改变命运的唯一出路。

1966 年,时年 16 岁的陈泽申如愿参军入伍,穿上绿军装,戴上大红花。与他一同入伍的,还有大他两岁的四哥。参军入伍后,对陈泽申来说,最开心的就是可以吃饱肚子了。不仅如此,他们家因为成了军属家庭,还能获得国家给予的每人每年 800 个工分的补贴,800 个工分相当于一个成年劳动力的全年满额工分。

陈泽申老人在南京军区一共服役了四年。这四年里虽然天天能吃饱,没有挨过饿,但是也没有实现他想跳出"农"门的愿望。1971年他退役时,全国上下仍然在开展"农业学大寨",作为受过部队四年教育的老兵,陈泽申退役后就与家乡人民一同发展农业生产。

大湾村地处深山,耕地面积少又贫瘠,粮食产量一向处于低水平。回到大湾村后,解决温饱问题仍是首要的。退伍后的他又回到了入伍前的生活轨道:在生产队挣工分,每天日出而作、日落而息。

生活中的一大变化就是陈泽申结婚了。"当时像我这样穷的家庭,想找媳妇完全就是看个人能耐,有本事你就能找到,没有本事就打光棍。"提及谈恋爱、结婚时,老人显得很开心。他冲我一笑说,不是因为他有能耐,而是他很幸运。他与妻子张守琴是在生产队务工时结缘的,妻子家境也不好,但是善良而且通情达理,两人相识一年多后结婚了。"我记得清清楚楚,我们结婚是在1973年,我把一直舍不得花的80元退伍金拿出来给她买了两套新衣服,两家人在一起吃了顿饭,就算是办了喜酒。那时根本给不起彩礼,说实在话,要是要彩礼,这婚我还真是结不起。"

结婚是人生大事,在农村,年轻人结婚后就算是成家立业了。但老人听了我说"成家立业"这句话时,他略带腼腆地说道:"哪儿啊,根本算不上,成家立业不光是要结婚,最起码还得要有新房吧,而我们呢,结婚后还是跟着家人挤在以前的破庙里,只是与老人和兄弟分伙。你不知道,那时一到烧饭的时候,整个屋子里都是烟,你说这叫什么成家立业?"

不光每天要经受烟熏火燎,婚后的一家人生活依然很清苦,苦到什么地步呢?不仅终年难见油腥,有时甚至连盐都吃不起。

当时农村仍是人民公社大集体时代，夫妻二人只能靠出蛮力挣点口粮。为了挣钱贴补家用，农闲时陈泽申上山砍柴，挑着100斤的干柴到山下只能卖到可怜的5毛钱，但这是他们唯一的收入来源，要应付点灯的煤油、油盐等生活日用品支出。老人说："不怕说出来惹你笑话，因为穷我们就一直都不敢要第二个孩子，当时农村大多都生两到三个孩子，但我们夫妻结婚一年后儿子出生了，但直到1982年才有了女儿。"

成家立业，最起码得盖自己的房子。对于当年的这对小夫妻来说，这是他们的一个梦想，但因为眼前的贫穷，又成了迈不过去的一道坎。直到1984年，他们才下定决心迈过这道坎。"当年盖的那套房子就是我们刚去的老屋子，习近平总书记去过的。"老人提起盖房的事显得兴奋难抑，他说，当初为了盖这房子，夫妻俩可是铆足了劲，黄土打墙、木料房梁都是他们亲手完成的，只有瓦是找师傅烧的。盖房子一共花了800块钱，为此一家人三年没吃过荤腥。

用老人的话说，之所以他们会下定决心盖房子，主要是有两个原因：一是当时农村包产到户了，家里分了3亩多水田和3亩多山场，吃饭问题有望解决了；二是儿子陈长军的多次"哭闹"。"儿子当时上小学了，别的孩子跟他一有矛盾就笑话他，说我们住在庙里的都是和尚。"

贫穷，仿佛与陈泽申这个家庭如影随形。在与妻子和儿女搬到新房后，命运并没有垂青这个小家庭，现实告诉他们，贫困依然没有与之远离。虽然农村已经实行家庭联产承包责任制，告别靠工分收入、分粮食糊口的时代，自家分到了田地和山场，但人均耕地少，且山里水稻产量低，一方水土难以养活一方人，而且山里交通不便，信息闭塞，没有其他生财的路子，全家人仍处在温饱的边缘。

"（上世纪）80 年代时，我们村里还没有种上杂交水稻，一亩水稻收成大约只有 300 斤，还得看天收，不够吃怎么办？只能接着出蛮力，开山场种玉米、红芋，一天三样搭着吃。"老人说，正因为如此，如今生活好了，偶尔下馆子点主食时，听到别人说吃玉米糊、红芋，治高血压、养生等种种好处，老人就会摇头说，他坚决不吃了，以前真的吃够了、吃怕了。

虽然生活很艰苦，但老人说，一家人的生活很温暖。儿子陈长军和女儿陈长荣都很懂事。每天孩子们放学一回家，就把书包一扔，然后帮着家人干些力所能及的农活，像放牛、打猪草等。不过对于儿女，老人说，他很愧疚，其实孩子们学习成绩都很好，但因为家里穷，儿子和女儿后来都是上到初中就辍学了。"我也知道没文化不行，但那个时候实在是供不起，家里太穷了，每学期 2 块钱的学费有时还凑不齐。"

山里的孩子懂事得让人心疼。看到家门口没有挣钱门路，辍学后陈长军和其他农村孩子一样，想到了去大城市打工挣钱来减轻家里的负担。可是年龄还未满 16 岁，没人敢录用他，他只好又回来随着父亲干了几年的农活，后来才踏上了外出务工的道路。没有学历，也没有技术，工作一点不好找，可是想想贫困的家庭，他还是咬牙坚持了下来，在亲戚的介绍下，他来到上海的一家农机厂，做抛光工。上世纪 90 年代，工资待遇很低，工资每月也只有几百元，有时辛辛苦苦一年，也没有存款带回来。

后来，女儿陈长荣辍学后也出去务工了。老人本以为，家里的光景会一天天好起来，可不曾想到的是，命运似乎仍在考验着他，刚从吃不饱肚子的愁云中挣脱出来喘息未定，更为剧烈的狂风暴雨又劈头盖脸地向他袭来。2005年的一天，陈泽申接到了儿子务工的厂子打来的电话，告知儿子在工作中因意外事故不幸身亡。此时，儿子陈长军才刚满31岁。白发人送黑发人，这让陈泽申老两口伤心不已。不久后，儿媳也改嫁离家而去。好端端的一家三代五口人，只剩下50多岁的老夫妻带着4岁的孙子生活。

厄运还没有就此结束，在经历了白发人送黑发人的打击后，他的老伴张守琴不久患上了罕见的皮肌炎，老人只好让已出嫁且在深圳务工的女儿陈长荣返乡照顾孙子和家里的农活，他带着老伴外出求医问诊。虽然经过多方医治，老伴还是在2010年因病情恶化撒手人寰。老伴走后，只剩下他一个人与孙子相依为命，还有为老伴治病欠下的3万多元外债，生活跌入了低谷。

与老人交谈时，我很担心会谈到老人不想触及的话题，但让我意外的是，他对于经历过的痛楚往事，显得非常淡定，言谈中没有丝毫的悲观，脸上始终挂着路有荆棘却不肯低头的坚定。在交谈中，老人还提到了苦难中向他伸出援手的人，女儿陈长荣自然不用说，虽然她已经出嫁多年，但只要家里有困难，她就会赶回家中帮忙，连老伴张守琴生前治病欠下的外债也是她和女婿二人偿还的。还有他带着老伴在合肥住院期间遇到的好心人，一位同病房的合肥老太太，了解他们的困境后，无私地帮助他们。晚上老太太回家就把床位让给陈泽申陪护老伴，临走时帮忙叫车并掏钱给他们付车费……这些人和事，老人记得清清楚楚，或许正是他们给了老人走出苦难的动力。

　　与老人越聊越深，不知不觉，天色渐暗，我看了一下时间，已经快到下午6点钟，我便向老人告辞，同时约定第二天早晨参观老人的新家，接着挖掘他脱贫的故事。他很高兴地答应了。

　　第二天一早，带着对陈泽申老人如何脱贫的问题，我早早地出发了。来到大湾村安置点，只见一条小溪将一幢幢崭新的楼房与原先村民的一片老旧房屋分开，显得泾渭分明。破旧的房屋仿佛在静静地诉说大湾村的历史，而一幢幢崭新的楼房像是陈述这个山村的嬗变。

大湾村移民安置点新居和保存的旧民居相距很近，大湾村把古民居作为一项重要遗产加以保护维修，成为乡村旅游的一道景观

　　陈泽申老人将我带到了他的新家。这是一幢两层楼的小洋房，大约100平方米，进行了简单的装修。进门就是客厅，地上铺了带有纹路的防滑地板砖，里面是厨房，二楼是两间卧室，装修相对讲究一些，有空调、液晶电视，地上铺的是木地板。老人说，这房子他一共花了3万多元装修，楼上有一间卧室是他和孙

子的房间,另外一间是村里统一装修用来接待游客的民宿。他一早起来就在新房里打扫卫生,因为马上要到"十一"长假了,要收拾一下迎接游客。如果有游客来入住,每天他可以分得60元的租金。

说起脱贫,老人有些激动。他首先就提到了自己的新楼房,"我是2017年5月1号搬进来的,真是做梦都没想到,我一个快70岁的老头也能脱贫,更没有想到这辈子还能住上这么好的新楼房。说起来你不信,这楼房我不仅没花钱,还得了6万块钱。我算给你听听:贫困户盖房每个人有2万元的补助,共4万元;库区移民补助每个人1.5万元,共3万元;还有危房改造补助每户2万元;老房子征收9万元。加起来一共得了18万元,而盖这套房子只要12万元,你说可是净得了6万元?"

紧接着,老人说起他近几年的脱贫历程。2014年他成了村里的建档立卡贫困户,这对他来说,简直就是命运的重要转折点,因为从此他的脱贫路上就有了好政策相伴。"2014年,我申请了1万元的扶贫小额贷款,一下子买了12只小羊,我心想着自己年纪大了,别的重活干不了,但也不能全指望政府救济吧,放放羊还是可以的。当年我一只羊都没舍得卖,为什么?我还指望着它们下小羊羔呢,所以到下半年时就有20多只羊了。后来,到2016年4月习主席到我家来问我上一年收入时,我说差不多有3000元,因为当时养羊还没什么收入,但我有光伏入股分红和产业补助呢。这光伏项目就像大羊生小羊一样,年年有分红。"

收入能不能达到脱贫标准?老人直言:没底,担心达不到那个水平。"没想到,我当年竟然收入了2万多元,你知道都有哪些收入吗?我卖了12只羊,就得了1万多块钱,光伏扶贫得了

3000元，还有产业补助、移民补助、低保金、独生子女奖励……我后来想着，这要是能给习主席报个喜那该多好啊。"老人说话时，布满皱纹的脸上挂满了笑容。

不仅仅手头上宽裕了，老人心情也更好了，因为精准扶贫政策实施后，村里来了一个知贫困户冷暖的人——从县城来的帮扶干部余静。"余静是个贴心人，我们村的人都喜欢她。我还记得2016年刮台风下暴雨时，我还在老房子里住，房顶漏雨，外面下大雨，里面下小雨，没办法，我只好在阁楼的楼板放上水盆接水，晚上9点多，我估摸着盆里水应该满了，正准备爬梯子去端水盆，她来了，赶紧叫住我说，陈叔你这么大年纪哪能爬高上低，让我来干，随即就上楼把接满水的盆给端了下来。"

虽然老人没有提到余静在村里做出了哪些轰轰烈烈的事，但是仅凭这位扶贫干部对老人以及村民的耐心和细致，陈泽申说，这已经足够了。正因为如此，现在一有几天看不到余静，他就和村里人一样，会很惦记，还会有些担心，生怕她调走了，"我们还都想余静在村里多干几年"。我想，现在在村民心目中，余静差不多已经是他们的"主心骨"了吧！

从贫困到脱贫并非一步之遥，虽说有各项扶贫政策的帮扶，但作为脱贫的主体，这位年近古稀的老人付出了常人难以想象的艰辛。

在常人眼里，养羊也许是个轻松活，但实际并非如此。"牛吃饱了跑，羊饿了也跑，每天要带着羊上山里跑两个来回。"老人说，只要人出得了门，羊就得上山吃草。每天天蒙蒙亮，就要赶着羊群上山，一放就是一上午。等中午回家吃完饭，他又要上山放羊，天不黑不回家。赶上母羊产崽，老人整晚都不睡觉，隔一会儿往羊圈跑一趟。稍有闲暇,他还要清扫羊圈里的羊粪。他的腰有老毛病,每扫几下就要直一直酸痛的腰身。

夏季是大湾村的雷雨高发季,常常上一刻还晴空万里、烈日当头,下一秒就电闪雷鸣、狂风暴雨。2016年夏季,老人的羊圈里已有20多只羊。在一次上山放养时,不巧赶上了下雷雨,狂风雷电让羊受了惊吓,羊群中几只羊崽躲在树林里怎么赶都不动,老人头顶瓢泼大雨,急得火烧火燎,用树枝抽、用手拉……最后好不容易才把羊群赶下山,下山途中,浑身湿透的他不慎从近两米高的田坎摔下,右肩摔成骨折,身上多处擦伤。得知消息,余静把老人拉到村卫生室治疗,并生气地批评他说,你这倔老爷子,不要命了,年纪大了要摔出个三长两短怎么办,你把羊放在那里等雨停了再赶不行吗?可老人却说:"这些羊都是我的'宝贝',也是我脱贫的希望,要是被雷电劈了、找不着了,我还拿什么脱贫呢。"后来,医生一再劝他好好休养几天,可他一回家就往羊圈钻……为了这事,老人的孙子心疼得直抹眼泪,朝着老人说:"你多大年纪你不知道吗,你要出事了我可咋办呢?"

老人说,村里人看到他每天忙忙碌碌,仿佛浑身都是劲儿,经常有人调侃他:"老陈,你莫不是在攒钱留着娶孙媳妇哦!"每当这时,他会笑着回应:"哪啊,人老了干点活更有精神,一点都不感觉累了!其实,我也不是不服老,但我现在还是家里的顶梁柱。"老人心里也清楚,在村里像他这个年纪的人很多已在享受天伦之乐了,但他更明白家庭的状况由不得他的双手闲下来,"不是说日子不苦,但也不知道咋就熬过来了"。

听陈泽申老人讲述他的经历,心里除了震撼,还有感动。面对生活的艰辛,他没有抱怨,更没有放弃,不等不靠、立志脱贫,其精神境界着实让人叹服。或许,是信心和决心,让他不畏脱贫路上的艰辛,给了他克服困难的勇气。更何况,脱贫路上他并不孤单,还有贴心的驻村帮扶干部。特别这几年,每到年底,卖羊的事从没有让老人费过心。"余静比我还关心卖羊的事,快到年底时她总会提醒我,叔,要卖羊的话提前吱声,我来帮你联系销路。"老人说,这几年他养的羊很畅销,通过余静联系到客户,有的羊还没到出栏时间,就被人预订了。"我总说要好好感谢余静,可她总是宽慰我说,叔,你不要谢我,是你把羊养得好!要不是现在在茶厂上班,我还想多养几只羊呢。"

老人不光自己"立志脱贫",他还经常以长辈的身份教育村里其他贫困户,动员他们用双手发展产业增收:"现在国家政策这么好,我们贫困户如果再不努力,就是对不起国家!"这话,让我想起了大湾村扶贫工作队队长王名香提起陈泽申老人时说的一句话:"贫困户要都有他的精神头,脱贫致富有什么难的呢?"

吃穿不愁了,还搬进了新楼房,这些在过去是陈泽申老人不敢想象的事,但如今却成了现实。并且随着精准扶贫战略的深入实施,老人脱贫后的增收故事还在继续。2017年这一年,老人获得了村级公益性岗位,负责安置点的路面保洁,每个月500元。到了2017年底,老人一算,年收入达到了3.3万元,老人说,这一下子他坐不住了,跑到村里找到了自己的帮扶干部余静,主动要求不再将自己列入贫困户。

老人说,当时他在余静面前是这样说的,"像我们这样的贫困户全国还有很多,国家对我们这么关照,让我们享受到了这么多好政策,国家的负担也很重,我们不能只靠政府,更多的是要靠自己的双手努力,我现在的收入已经超过脱贫标准了,我觉得可以把好政策让给更多比我更需要的人。"老人说,余静认真地听了他的话后显得很感动,或许她是没想到他这么大年龄的老人会说出这样一番话。但是余静仍然向他承诺:"脱贫后不'脱'政策,你脱贫了我们不会对你撒手不管的。"

2017年底,因为达到了脱贫标准,陈泽申老人通过评议,如愿地脱贫"摘帽"。年近古稀的老人主动要求摘掉贫穷的帽子,这在大湾村乃至金寨县都引起了极大的反响。因此,2018年8月31日,他登上了脱贫攻坚工作的领奖台,在金寨县2017年度"十佳脱贫之星""十佳产业扶贫带头人"表彰会议上,捧回了十佳"脱贫之星"荣誉证书,还获得了5000元的奖金。

2018年是陈泽申老人脱贫后的第一个年头,老人说,他的收入2018年还要上涨,因为他又多了两个"进项":一个是因为一家茶企在大湾村的十二檀建立了茶厂,他将3亩土地流转给了茶厂种茶,每年收获地租1500元;二是他也成了这家茶厂年纪最大的炒茶工人,一个月1200元固定工资,炒茶的季节,工资另算,每小时16元。老人说,仅这两项,他一年要多出2万元收入,加上各项补贴2018年收入突破4万元应该不成问题了。

眼看着生活一天天变好了,老人说,他也会经常想起过世的老伴和儿子。"现在日子好过多了,你们却都不在了!"每当做好吃好喝的东西时,老人经常会想,如果是儿子还在的话,这样的好日子他就不用再出外打工了,而想到过世的老伴他则说:"如果当时有'351''180'健康脱贫政策(注:'180'指安徽省贫困人口中的慢性病患者一个年度内门诊医药费用，经"三保障一兜底"综合医保补偿后，剩余合规费用由补充医保再报销80%），老伴兴许还会多活几年。"老人说，他10月份要完成一个心愿，那就是将他已去世八年的老伴下葬。他说，看到家里这些年的喜人变化，相信老伴可以安息了。

如今，正在合肥某职业技术学院读大一的孙子陈杰成了老人最大的希望。提起孙子，老人沉浸在幸福中，似乎有着说不完的话。老人说，孙子自小跟他生活，特别懂事，与老人也特别亲。高中毕业后，他利用暑假时间跑到深圳务工的姑姑那里，找了一份小区保安的工作，不仅挣到了大学的学费，还因帮助一名老人被所在的物业公司奖励。现在虽然上大学了，但从没张口向爷爷要钱，学费有国家的助学贷款，还享受生活补助和奖学金。此外，他还利用节假日在校外勤工俭学。话语间，老人显得非常的自豪。"我希望孙儿能学好一门技术，将来找一个好工作，做一个对社会有用的人，并且能帮助更多的人。千万不要像我一样，没有学历也不懂技术……"

脱贫后的陈泽申老人还有了更多美好的想法和憧憬。老人对我说，眼下村里虽然游客很多，但是留不住人，像他家因为总书记去过，所以几乎天天有游客来，但是最多也就是买点花生、土鸡蛋等土特产。但大多数人来看看就走了，他家新楼房上装修的民宿大半年时间就住过两次人。他希望把大湾村的基础设施搞上去，在村里建设农家乐、饭店等旅游接待场所，让游客能留下来，在大湾村消费，让更多的贫困户脱贫致富。

陈泽申（左二）、陈泽平（右三）等脱贫户在展示脱贫证书

老人说，的确有很多游客说他是金寨的"网红"，他以前多半不好意思地摇头，因为他不知道"网红"究竟是啥意思，但是后来听多了，他也渐渐明白了。他说当"网红"也可以，但是他要当的"网红"，是脱贫户的"代言人"。全国还有贫困户，他一人脱贫，并不能为国家减轻多少负担，只有当所有贫困户都脱贫了，我们国家才是真正地进入全面小康。正因为如此，2017年10月，他在亮相"国家形象宣传片"《中国进入新时代》时，谈及自己的中国梦时说：全中国的贫困户不是贫困户，全部要过到好生活，这就是他的中国梦。

三

提起花石乡，或许很多人会认为，她的得名一定与美丽的石头有关。在大湾村采访期间，我并未对花石乡名字的来历追根溯源，但在这里看到了许许多多美丽的石头，除了耸立在山间如陨石般的"飞来之石"，印象最深刻的就是河道里铺满的石头，形态各异，每一块都有时间冲刷的痕迹。

大自然一直是最神奇而伟大的造物者。白水河从深山中逶迤而出，经过大湾村时，敞开了她的胸怀，奉献出一片大大小小、千姿百态的石头，每一块就是一个美丽的传说，一圈圈绕过石子的纹路就是流水的年轮，记录着大湾村丰年、平年。

石头，在中国人眼里，是有灵性的，就像多年前风靡的一首歌唱的那样："有一个美丽的传说，精美的石头会唱歌……"或许大湾村的很多村民也听过这首歌，但是他们未必会相信石头会唱歌，因为这里的石头长期以来都是沉默的，只有贫困压抑下的无奈与叹息。但如今，他们一定会相信，因为这里的一块块石头真的会"唱歌"了。这并不是传说，是发生在他们身边的事，并且是一首婉转动听的歌……

我此行的采访对象是82岁的戚月英老人一家。老人的家也在大湾组扶贫搬迁安置点，到达这里时是上午8点多，房子大都锁着门。秋收秋种正当时，劳动力多不在家，安置点里的几个老人，围坐在新家前聊天晒太阳，还有人在门前做编筐等手艺活。看到有车停下，几个聊天的老人悠闲地围拢过来。

在我的印象中，过去山里人是羞涩的，或许是对未知的恐惧，让他们见到生人很多时候只会远远地观望。但这里的人们与我印象中的山里人不同，他们热情地与我打招呼，帮我指路，脸上始终带着笑容。这可能是因为生存环境的改变，加上近年来村里的游客纷至沓来，让他们看到了与大湾村不一样的世界，见识

白水河河道上布满了石头,仿佛"唱"出了大湾村民脱贫的赞歌

了大湾村之外的人们,所以才有了不同于以往的自信。

戚月英老人的家在安置点的中央,从房屋外观来看,与四周的房屋一样是白墙灰瓦的二层徽派小楼。不同的是,门上的对联红得很艳,像是刚贴上去不久,也许他们家刚办过喜酒。敲门后,是老人的儿媳廖国满给我开的门。她不是本地人,是从千里之外的云南省昭通市镇雄县嫁过来的。听我说明来意后,她笑着对我说:"我们家去年就脱贫了,你还来采访我做什么啊?"我回答道:"想来听听你们的脱贫故事啊。"

廖国满个头不高,脸上皮肤黑黑的,穿着朴素的衣服,系着围裙,脚上还穿着雨靴。她很热情地招呼我进屋,然后对我说,她家现在一共四口人,她的老公汪於明常年在上海打工,现在并不在家中,她的婆婆戚月英年纪大了,身体不好,患了脑梗,说话不利索,这时还带着两岁半的孙子在房间里睡着,想知道什么就由她来回答吧。

她搬来椅子让我坐下,又开了一瓶橙汁用一次性杯子给我倒了一杯,递橙汁给我时带着歉意说:"不知道今天家里有客要来,一早去菜园地干活刚回来,家里被孩子弄得乱糟糟的也没顾得上收拾,开水还是隔夜的,你喝杯饮料吧,这橙汁和杯子是前段时间搬家时剩下的。"看到我很好奇,她解释说,是2018年国庆节前搬的家,农村叫"息土",就是房子装修好后正式入住。

她自豪地带着我参观了她家的里里外外。楼上楼下两层,共140多平方米,装修很简洁,没有过多的装饰,但家里的陈设很新,房间里布艺沙发蒙着的薄膜还未撕,最显眼的是,进门的客厅墙上挂着他们的脱贫光荣证。她高兴地说:"房子装修好了我就跟老公说,要把这个脱贫光荣证挂上,要让每一个到家里来的人都看到。这不是炫耀,而是做人要知道感恩,要是没有党和政府的好政策,单靠我们自己的力量,别说脱贫,这新房也盖不起来啊。不瞒你说,我还想今年年底把云南的娘家亲人也接过来看看,以前是太穷不敢让他们来,现在不一样了,日子过好了我想让他们看看,我过得好着呢!"

从廖国满的讲述中,似乎她眼前的生活与往日相比是天壤之别，那么，这一家以前的生活究竟穷困到什么地步，为何会陷入贫困，又是如何走出贫困的呢？

2014年才从千里之外的云南嫁过来，廖国满对这一家的贫困并没有太多的记忆，但她依然清楚记得与丈夫汪於明当年从上海回大湾第一次踏入这个家门时的情景。

"2014年春节是第一次到他们家，虽然之前也听我老公说过家里穷，但没想到会穷得这么厉害。家里就一间屋，屋子小不说，还黑漆漆的，一点亮都没有，我记得进屋就是一个土灶台，里面摆了一张床，还有一口棺材。我后来才知道这里农村老人都有这个习惯，喜欢生前把自己棺材备下放在堂屋里。但我们女人胆小，之前也不知道这回事，好害怕。"廖国满直言，当时她的确吓得够呛，甚至一度想打"退堂鼓"，她当时并不仅是因为家中放的这一口棺材，而是因为这个家连为他们夫妻俩放张床的地方都没有。正因为如此，第一次进公婆家，廖国满和丈夫汪於明一晚都没有停留，当晚他们在汪於明的一个姐姐家中借宿，很快就返回了务工地上海。或许对于丈夫一家的贫困，她仍然是停留在这一记忆里。

相对廖国满，大湾村土生土长的村民对这个贫困家庭知根知底。73岁的汪达金老人与戚月英过世的丈夫汪达润是同辈分的宗亲，两家以前是房前屋后的，相距不到20米远。用汪达金老人的说话，要说穷，戚月英这一家在大湾村是数一数二的。"按辈分我喊汪达润哥，他是1928年的，嫂子戚月英是1936年的，嫂子左腿残疾多年，后来又得了脑梗，自己都照顾不了自己的生活，大集体时这一家就我哥一个人干活，他们家当时三个孩子都小，一个人挣的工分怎么够五口人吃呢？后来包产到户了，他们年纪又大了，忙不动了，就给照顾到村里的纸厂干勤杂工，工资低也没办法啊，他家里有人要照顾，出不了远门，只能守着'烂摊子'。所以以前他们家经常来借米、借钱，大概当年生产队里农户都借过，那时这里人家虽然都穷，但是像他们家这样的，村里还真是找不出第二家了。"

大湾村村委会副主任汪建国，在村"两委"任职十年，目前是戚月英一家的帮扶联系人。他对戚月英老人一家的情况也很清楚。汪建国介绍说："其实廖国满第一次看到的那间老房子最初并不是汪於明家的房子，而是汪达润、戚月英老人 20 多年的老房子，是从我父亲手中买下来的，是我家本已荒废多年的老屋。当年他们住的房屋年久失修倒了，手头也没钱盖新房，没有地方住就找到我父亲，问能不能便宜点买下我们家的老屋，说好是 400 块钱，但是最后只给了 200 块钱，乡里乡亲的，看人家实在贫困没房住，就只好算了，后来这老两口在破旧的老屋里撑着住了 20 多年，直到后来他家老头子去世都一直住在那里。"

当年戚月英老人一家一度被村里人认为是阻碍全村脱贫最硬的那块"拦路石"。之所以会这样说，汪建国认为，这是因为他们家还有比贫困更可怕的东西，所以成了完全看不到一丁点希望的家庭。那么，这个可怕的东西究竟是什么呢？

这就是丧失了对美好生活的期望，这种状态往往会影响人的价值取向，造成贫困户人格上的贫困，这是比物质上的贫困更可怕的东西。

廖国满的老公汪於明 1977 年出生，此时他的父亲已经 49 岁了,母亲已是 41 岁。虽然自小就得到了父母的疼爱,但是对于这个贫困的家庭,汪於明并没有太多留恋,或许是因为对于这片土地上的贫困和苦难,他有着太深的记忆,他一心想着尽快逃脱这个家庭和贫穷的命运。他想要卸重般地让贫穷与自己剥离,就像是一个不堪重负的人,要扔掉附着在身上的重物。

上世纪 90 年代,汪於明十五六岁的时候就跑到上海打工去了。那是汪於明第一次出远门,第一次到上海这样的大城市,他才知道,原来外面的世界这么大,大城市灯红酒绿,可以这么繁华。再想想农村的老家,守着贫瘠的土地和"遗传"的贫困就是"宿命",他逐渐产生了一个想法:再也不回去了。

农村有着生他养他的爹娘,而母亲残疾生活无法自理,父母皆已步入了晚年。而汪於明的父母,对于只身前往上海闯荡的儿子,当年是寄予很大厚望的。但汪於明自从到上海后成了一个"浪子",不仅很少与父母联系,对家中的大事小事一概不过问,而且经常几年都不回家一次,就更别提经常给老两口寄钱了。即使是父亲汪达润去世,汪於明也没有返乡担负起赡养残疾老母亲的责任。这一过往,大湾村的村民们多有提及。

有人说,汪於明在外做氧焊工,实际上是挣到了钱,但是沾上打麻将赌博的恶习,挣的辛苦钱多给输掉了;也有人说,他在外面找了女朋友,结果没谈成,还把钱败掉了。不管究竟是不是事实,我想,村民们只是作为局外人,为汪於明的父母亲感到格外痛心。或许长辈们都很理解晚辈的难处,汪达金老人虽然也不认同侄子汪於明对父母不管不问的做法,但是他觉得当年一个毛头小伙在上海打工生活也很艰难,要吃饭穿衣、要付房租,也许是真的没有能力去照顾家里的二老。同时，他特别提到汪於明是个很不"走运"的人，因为在上海打工期间竟然遭遇了两次车祸，并且两次都是重伤。至于车祸的发生时间，汪达金老人说，他已经记不清了。

作为妻子的廖国满，曾听丈夫说起过自己遭遇的两次车祸。她说："第一次好像是1998年，是被火车撞上了，他说当时骑着自行车在上海封浜的平交道口等火车通过，但等了好久火车也没来，就想着抢道过，没想到，刚上道口火车就来了，穿的风衣被挂住了，被火车掀倒致重伤，上下牙床全毁了，还造成脑震荡，左下肢开放性骨折，人昏迷了一个多月，差点成了植物人，在医院一共躺了三个多月。第二次应该是2008年5月，就是十年后，他又被货车撞了，当时货车后面有一辆车，他正站在货车后面，货车倒车时没注意后面有人，把他挤在两辆车中间，这次把他左右腿都弄骨折了，好几年才恢复过来。"

两次车祸都发生在她与丈夫认识之前，廖国满说，其实她第一次听丈夫说起这事时，似乎都不敢相信，因为她难以相信人的一生竟然两次遭遇这样的倒霉事，最可怕是竟然被火车撞了，直到她看到丈夫镶的满嘴假牙，还有脖子上、后背上大大小小的恐怖伤疤。她说，丈夫平时很少会向外人提起这个公开的"秘密"，也许是他不愿意回忆起这段经历。

有着石头般坚毅意志的大湾村村民，同样有着和风细雨般的温情。1998年汪於明被火车"撂倒"致重伤后，村里人并没有对这个"浪子"置之不理。尽管那个时候村民们的生活都很困窘，但在村里的发动下，乡亲们危难时刻都伸出了援手，你五元、我十元地为昏迷在医院病房的汪於明捐钱。他们说，不看汪於明的面子也要看他二老的面子，不能让这个家就这么垮了。

在这十年后的 2008 年，汪於明又再次遭遇车祸。没过多久，作为家中顶梁柱的父亲汪达润过世了，生活不能自理的戚月英老人面临着"老无所依"的困境。村"两委"集体商议，决定把老人列为"五保"供养对象，让老人两个出嫁的女儿分担起日常赡养义务。"评五保户的要求是单门独户，一般是没有儿子、无人赡养的孤老，戚月英老人有儿子，虽然明显不符合要求，但这在当时也是没有办法的'办法'。当年还没有低保金，她的儿子不管事，我们总不能也撒手不管吧。"回忆起此事，汪建国说，当年村"两委"的这个决定还是要顶住极大压力的。

在经过第二次车祸的几年恢复期后，汪於明的生活仍然艰难，但他幸运地遇上了廖国满。他和廖国满相识于 2012 年，当时廖国满 29 岁，因为和前夫感情不和，刚从七年的不幸婚姻中走出来。此时的汪於明已经 35 岁，在廖国满眼里，汪於明虽然脾气好，但他仍然不成熟，有点不靠谱。

提及当年两人初识的经历，廖国满显得有些哭笑不得。"刚认识的时候他在一个厂里做氧焊技工，大概认识没几个月吧，他突然就辞职不干了，被人拉去做连锁销售，天天说要挣大钱，还对我说，我马上就要做老板了，挣钱给你花，你来当老板娘。我说你别被人骗了，最后还真被我说中了，那是传销组织，不仅他自己留的一点车祸赔偿款被骗了，他还向两个姐姐伸手要钱，幸好也没人信他的话。当时我们没结婚，我也管不了他，后来我父亲生病我就回云南老家了。"

两年后的 2014 年，在父亲病情稍稍稳定时，廖国满又从云南回到上海，这一次，她和汪於明走到了一起。"当时，他问我，你愿意跟我走吗，我说我不愿意。但他紧接着跟我说了一句令我非常感动的话，他说，如果你不跟我一起，我这个人一辈子真的要完蛋了。他一说完，我的眼眶就湿了，于是我对他说，跟你走也可以，但是你以后要听我的，他很开心地答应了，说就是让他上刀山下火海也愿意……这后来，我们就结了婚。"说到这，廖国满腼腆地笑了。

汪於明、廖国满走到了一起，接下来他们共同面对的是贫困的生活。可谁不想过上好日子呢？夫妻俩自然也不例外。但如何走出贫困呢？

2014 年，汪於明的母亲戚月英老人因患病且身有残疾、无自理能力，作为五保老人被纳入建档立卡贫困户。后来，考虑到他们家的贫困情况，2016 年又通过评议程序将一家四口人全部纳入一般贫困户范围。廖国满坦言，一开始，不仅是汪於明，他们一家都对这扶贫不太"感冒"。"我老公说，这大概就是喊喊口号、走走形式而已，像我们这样的家庭不给个十万、二十万怎么扶得起来呢！"

可是，他们想错了。精准扶贫可不是简单地给贫困户送钱送物。作为他们一家的帮扶联系人，村干部们在最初的走访时就向他们作了解释。"送钱送物只会解决一时之急，并不是长远之计，而且这会助长贫困户不劳而获的思想。特别是汪於明的状况，必须从思想根源上先'扶志'，让他树立脱贫的信心。"余静说。

对于汪於明这个"浪子"，怎么"扶志"呢？驻村扶贫工作队员一边通过长途电话一次次与在外地务工的汪於明联系，介绍扶贫政策，问脱贫需求；另一边则做起了回乡待产的廖国满的思想工作，让她多从侧面劝导汪於明，把心思用到脱贫上，多想想脱贫出路。

起初，汪於明对扶贫干部的电话很不耐烦，觉得干部在"作秀"。可是妻子廖国满的话他不能不听，妻子对他说："我嫁给你不是为了过苦日子，更何况我们的孩子快出世了，婆婆年纪也越来越大了，不能都跟着受穷吧！现在政府有各项政策帮扶，我们没有理由不努力啊！"

也许正是这句话说到了汪於明的要害，他仔细考虑后，主动拨通了帮扶干部的电话，在表明自己的脱贫决心后，他提出："我们现在最大的'心病'就是没有房子住，我媳妇回乡待产一直借住在姐姐家，可是我们目前没有能力，要盖新房不知道要到哪一年，不知道政府能不能帮忙？"虽然是找政府"要"房，但帮扶干部们都感到很欣慰，因为汪於明终于对他们不排斥了。而汪於明的要求，也有相应政策的对接。

精准扶贫贵在"精准"二字，既然房子问题是汪於明、廖国满夫妻俩的最大"心病"，那么就要把靶心瞄准于此。村里有针对性地给了他们夫妻扶助政策，终于帮他们圆了新房梦。廖国满说起自家的新房，仍然显得有些激动。"大约2016年下半年，村里通知我们会统一规划建设安置点，问我们愿不愿意参与，我说想是想，但是钱不够啊。村干部汪建国就说，你别急，我先把各项补助算给你听听，你再决定：'易地扶贫搬迁项目你们家4个人共8万元；危房改造每户2万元；老宅腾退25000元，你家一共可以享受补助 125000 元，你家 4 口人盖新房大约需要 20 万元。'我一听就开心了，这下有底了，虽然还要付 8 万块左右，但我和汪於明还是能筹到的，所以当即就同意了。后来新房子到年前就盖好了，虽然没装修，但是我们还是急匆匆地搬了进来。"

廖国满说，搬进新家这一天，是 2016 年的腊月二十六，此时她已经在汪於明的姐姐家中寄居了 11 个多月。她记得，刚去汪於明姐姐家借宿时，孩子还在自己的肚子里，这时孩子已经有半岁了。这一年，他们夫妻俩和孩子还有戚月英老人，尽管是在没有装修的毛坯房中过新年，但是并未觉得冷清，每一天都感觉很温暖。

房子这个大问题解决了，不仅夫妻俩很高兴，帮扶联系人汪建国也松了一口气，因为经过仔细分析，他觉得解决这一家的贫困问题并不难。"首先汪於明有技术，干氧焊工多年，他肯踏实干，工资不会低，基本可以实现'一人就业，全家脱贫'。其次他的媳妇廖国满也很能干，等他们的孩子大一点时，她在照顾家里的同时，也可以发展一些产业增收。他们家脱贫和今后增收都是没有悬念的。"

为了切实让汪於明家脱贫，村里做了很多细致的工作。首先，村里托常年在外务工的村民为汪於明重新介绍了一份稳定的工作，在上海的一家工厂干他的老本行——氧焊工，每天工资 180 元，管吃住，工资按日结算。汪於明二话没说，接到电话通知后第二天便收拾行李赶赴岗位了。那么汪於明通过务工一年究竟收入了多少呢？在廖国满拿出的扶贫手册上，有详细记录：

2016 年 10 月至 12 月，务工收入 6300 元；2017 年 1 月至 3

月，务工收入9900元；2017年4月至6月，务工收入13500元；2017年7月至9月，务工收入10800元。这一年时间里，汪於明的务工收入超出4万元。

同时，他们家还申请小额扶贫贷款5000元，加入了县里的光伏扶贫项目，当年获得分红3000元，流转了土地两亩，获得流转租金1000元，除此以外，还有老人的五保政策、残疾人补贴等等。这一年时间里，他们一家所有的收入累计起来，人均纯收入达到10590元。

如今他们不再是村里数一数二的贫困户了，2017年底，夫妻俩打赢了脱贫翻身仗。帮扶联系人汪建国高兴地说，按当年的脱贫标准人均3200元看，他们一家这样的人均收入完全称得上是高质量地脱贫了，这也让他这个帮扶联系人有如释重负的感觉，"全村最难啃的'硬骨头'终于啃掉了"。

2018年春节是一家人脱贫后的第一个春节，廖国满说，这一年春节一家四口人的笑容都更加灿烂了。她也趁这个机会开始跟丈夫商议装修新房。一开始，汪於明提出，刚刚盖房子把家里掏空了，不想借钱搞装修。但妻子说，家里有老人和孩子，老是住在毛坯房里不安全，也不舒服，虽然要背债，但是现在背得起！而且有好政策帮扶，没有后顾之忧。汪於明听完这话便同意了。

2018年的正月还没过完，廖国满一个人在家里忙碌起来，找装修工、买材料，还要给工人烧饭，忙得不可开交。但她并没有让汪於明留在家中帮忙，过了正月十五就把汪於明"打发"出去务工了。"装修我忙一点心甘情愿，最大的问题就是装修费用，两个人都耗在家里，到时欠的债怎么还呢？还是让他出去踏实挣钱最重要。"就这样，廖国满一个人在家忙里忙外，一个人当几个人用，到2018年夏季装修完工了。她说，看到一家人开开心心地住在装修一新的房子里，那一刻她觉得再累、再辛苦也是值得的。

村里人都说，汪於明讨到了一个好老婆，不仅仅是廖国满勤劳能吃苦，而且她对婆婆很孝顺。这些村民们都看在眼里，平时戚月英老人吃饭喝水都要送到嘴边，全靠廖国满悉心照料。老人腿有残疾行动不方便，有时要出去串门或者晒太阳，她就背着老人；老人年纪大了，患上了痔疮，村民们多次看到廖国满满村收土鸡蛋，说是家里没养鸡，要买鸡蛋回去与大肠头一块煮着吃，这是她讨的偏方给婆婆治痔疮的。有村民还打趣道："你买土鸡蛋一块五毛钱一个，不嫌贵吗？你平时都是一分钱掰两半花，干吗不去商店买便宜的？"而她却回答说，"只要吃了有效果就行了"。

我在和廖国满聊着天时，戚月英老人可能是从房里听到我们谈到了她，在房里发出"呃、呃"的声音。廖国满说，估计是婆婆醒了。她赶忙跑到房里，搀扶一位老人慢慢走出来，后面还跟着一个孩子。她告诉我，这就是她的婆婆和儿子。老人因为患了脑梗，口角落下了向右歪的毛病，被儿媳扶着在门前的椅子上坐下后，戚月英很费劲地用颤抖的手指向了我眼前盛满橙汁的杯子，示意我喝水。看得出来，老人对他人也很热情。廖国满的孩子很可爱，乳名叫"县行"，我问："你最喜欢谁？""奶奶！"孩子毫不犹豫地回答。廖国满笑着说："这个家里他最喜欢的就是奶奶，因为奶奶整天陪着他。"这时孩子跑到奶奶的身边，把剥开的香蕉一点点喂给奶奶。我想老人这一刻一定是甜到心里。

家里的日子越来越好，同样离不开汪於明的努力。受到妻子的积极影响，汪於明如今仿佛"浪子回头"换了个人似的。廖国满说，她从上海返乡时,觉得让汪於明一人出去打工也很担心,担心他在外面喝酒赌钱,又担心他不踏实干,所以经常在电话里提醒他,有时还会嘱咐村里一同出去的人照看他。"后来我觉得他还是比较自觉的,2017年一年挣了4万多块钱都带回来了,2018年也回来了四五次,每次带四五千块钱回来,有时还会主动打电话回家,问问老人、孩子还有家里的情况,家里要是有急事,他也会及时赶回来,就像这次家里喝喜酒,我忙不过来,他就请假回来了。"

戚月英老人虽然患病口齿不清,但她脑筋并不糊涂,听出我们在说她儿子汪於明后,她用手扶着椅子颤颤巍巍地支撑起身体,将颤抖的手指向了自家新房外墙上的空调外机,嘴里吐出了听不懂的话语。儿媳廖国满立刻明白了,她笑着"翻译"道:"她想告诉你,这个是他儿子去年夏天买回来的空调,夏天有了它就好凉快了。"

儿媳廖国满背着腿脚不便的婆婆戚月英去户外找邻居聊天

事实上，汪於明的这些变化帮扶干部、村民也都看在眼里。在扶贫手册里我发现他们专门记录了汪於明为母亲做的"暖心事"：2017年7月28日，汪於明返乡看望母亲及妻儿，由于气温高，为母亲安装一台空调。我想，这件事之所以要记录在扶贫手册上，既是对汪於明的肯定和赞扬，也是大家都在为戚月英老人晚年幸福而感到由衷的高兴。

与戚月英老人告别后，廖国满抱着孩子把我送到了公路边，她指着路边一排新建的猪舍说，这是村里给他们贫困户建的扶贫猪舍，其中也有她家的一间。我问她："猪舍启用了吗？"她回答我说："早用上了，猪舍都盖好了，还有什么理由不养猪呢！农历七月初十分到猪舍后，就买了一只110斤的半大猪仔，现在两个月已经长了150多斤了，打算把猪养到过年前杀了，猪肉卖一半、留一半。现在的行情是20元一斤，卖一半差不多也有2000多块钱。"

"现在的扶贫政策真是好，人只要不懒，就肯定不会穷死。"廖国满发出了这样的感慨。她还告诉我，她心里还装着一个大梦想：等孩子大一点后，让丈夫回来，两人开一家农家乐饭店。因为她是云南嫁过来的，所以想亲手做地道的云南菜给游客尝鲜，这区别于当地其他人开的饭店，她觉得到时生意肯定不会差！

结束采访返回途中，一路上我似乎听到了白水河边传出来的悦耳声音。我想，那也许真是石头在唱歌：有一个美丽的传说，精美的石头会唱歌，它能给勇敢者以智慧，也能给勤奋者以收获……或许，廖国满一家人也听到了，村里人也听到了。

四

2018年夏季上映的影片《我不是药神》收获了爆棚的票房和良好口碑。电影里所描述的慢性粒细胞白血病到底是怎样一种疾病？它实际是一种造血干细胞克隆增生性疾病。研究数据表明，这种病相对比较罕见，在人群中的发病率随年龄的增长而提高，患者绝大多数为中老年患者。

通过这部电影，很多人了解了慢性粒细胞白血病的可怕。这种病可怕一是因为它难以治愈，二是它的治疗花费堪称"天价"。"我吃了三年的药，吃掉了房子，吃垮了家人。"相信很多人都对影片《我不是药神》中的这一句台词记忆犹新，而这正是很多慢性粒细胞白血病患者的真实写照。

大湾村的陈志海47岁，他没有看过《我不是药神》这部电影，更没有听说过"慢性粒细胞白血病"，可是他却偏偏患上了这种罕见病。从确诊的那天开始，他和家人就在与病魔、与贫困抗争的路上……

2018年9月底，我在村部不远处的贫困户易地扶贫搬迁安置点见到了陈志海、周玉琴夫妻。患病的陈志海脸色发黄、身材消瘦，相比之下，他的妻子周玉琴给我的第一印象是热情开朗、积极乐观。

进门后，陈志海热情地招呼我坐了下来，他的妻子周玉琴麻利地给我泡了一杯茶。开始交谈后，他们首先就提到了致贫原因——疾病。陈志海说，他在安医附院（注：安徽大学第一附属医院）确诊患有慢性粒细胞白血病，是2017年2月13日，也是这一年农历的正月十七。提起这件事，我注意到他的脸上掠过一丝忧伤。我想，这一天对于他，或许是一生中最不愿回忆的一天。

事实上，陈志海并不是第一个知道这个事实的人，第一个得知他病情的是妻子周玉琴。周玉琴说，2017年的春节前，她也是第一次听到慢性粒细胞白血病这个名词。"当时我和老公回家过春节，因为从2016年下半年起，我感觉他的身体一直不太好，有时感冒一个礼拜都好不了，白天好了又开始发高烧，一查血就是白细胞太高，吃药打针也不济事。所以我拉着他趁着回家过春节的机会，到合肥的大医院去好好查一下。做了血常规、骨髓穿刺和融合基因检查，结果出来后，医生单独告诉了我，你老公可能是得了慢性粒细胞白血病。我当时并不知道这是啥病，医生给我解释后，我整个人当时就好像完全被打蒙了，大脑一片空白，好久没缓过劲来。这时医生又宽慰我，说也许会判断失误，建议我先别告诉老公，再复查一下，把标本寄到北京去检测，谁知道最后等来的仍然是最坏的结果。"

周玉琴说，她平时大大咧咧，性格很要强，但是这一天她和丈夫一同到安医附院拿病情确诊报告时，当医生又说让她单独留下来时，她一下子慌了，因为她猜到等待的将是一个不愿看到的结果。"虽然当天到医院之前已做了最坏的打算，但是我依然难以接受老公患上慢性粒细胞白血病这个事实。"我追问医生："会不会诊断错了？我老公正是壮年，身体一直很好啊，怎么就患上这个病。"但是医生很肯定地告诉我，两次检查都是同样的结果，肯定是不会搞错的。医生说，这个病虽然难治，但目前只是慢性期，只要坚持用药，还是可以控制的，有希望稳定病情。医生又建议，最好把病情告诉我老公，因为后期治疗不仅药不能停，而且还要定期入院检查。听了医生的话，周玉琴说，她当时在心里告诉自己，我要平静下来，"既然灾难已经降临到我们身上，躲也躲不过去，要想老公不垮，首先我自己不能垮，一定要尽快调整好心态，坚强起来，我们一定可以挺过去的"。

周玉琴记得在她小心翼翼地把病情告诉老公陈志海时，这个40多岁的汉子表现仍然是一如既往的坚强。周玉琴说，大她9岁的老公在她的心目中一直就是个坚强的硬汉，可是她没想到在面对这样的不幸时，老公还能稳住自己的情绪。她记得，陈志海只是顿了一下，随即轻描淡写地吐出了这样一句话："不能治就算了吧，省得浪费钱。"听了老公的这句话，原本内心已平静下来的周玉琴再也抑制不住自己的泪水，她一把抱住陈志海，哭着说："能治，谁说不能治！"

对于妻子的反应，陈志海说，他当时并不意外。他和妻子结婚已有19年了，生活虽然不富裕，但夫妻感情一直很好，此时的不离不弃正是印证了19年的夫妻情深。但是他的内心一直在挣扎，他害怕成为家庭的负担，因治病拖累一家人。看出了自己的顾虑，妻子周玉琴含着泪说出了一句让陈志海刻骨铭心的话："我们不能放弃，钱没有了我们还可以再挣！但我们家不能少了你，不然就不是一个完整的家！"听了妻子这句温暖的话，陈志海说，他当即下定决心，为了家人努力地活着，要给他们一个完整的家。

或许，"患难夫妻"这四个字，形容陈志海、周玉琴夫妻是最恰当不过了。

陈志海和妻子周玉琴两人相识于1998年。妻子的老家在大湾村相邻的黄堰村。那一年，两个年轻人都在江苏省无锡市的一家摩托车厂里打工，27岁的陈志海是进厂务工几年的车床工，而

18岁的周玉琴是刚刚进厂的磨床工。老乡遇老乡，倍感亲切。在相处中，两个年轻人渐渐产生好感，再加上年长9岁的陈志海老实本分，对周玉琴格外细心体贴，周玉琴渐渐对陈志海产生了依赖感，几个月后，双方确定了恋爱关系。

关系定下后，1998年底回老家过春节时，周玉琴把这个事跟父母说了。没想到，平时对周玉琴这个小女儿爱怜有加，近乎百依百顺的父母，在对待这件事时却一致地极力反对。一辈子生活在山里的父亲思想很传统，父亲说："他比你大9岁啊，你可知道，你们还不是一个辈分的，你的堂姐是他的舅妈，你算是他的姑姑辈，都差辈了，绝对不行，会被人笑话死的！"母亲反对的理由则是心疼自己的小女儿。母亲说："丫头啊，你可知道他家负担多重，他的父亲身体不好，家里全靠老母亲操劳，你嫁过去了，将来日子怎么过呢？你不要一时脑门子发热，不听父母的劝，将来有你吃苦的日子……"

但恋爱中的周玉琴却并没有考虑这么多，她认为只要两个人两情相悦，就算做一对患难夫妻依旧幸福。她对父母说："爸、妈，我不管他比我大多少，也不管他是不是比我小一辈，但我只知道他对我好，我就是认定他了，非他不嫁。"父亲狠狠地说："你要是嫁给他，就不要再回这个家了，我和你妈就当没养过你这个女儿。"周玉琴说，为了这件事，那一年的春节，或许是一家人过得最不开心的一个新年了。但是爱情的魔力让她很固执，尽管父母极力反对，她仍然没有放弃与陈志海之间的感情。

陈志海父母得知小儿子找到了女朋友都很开心，因为当时这个在大湾村最偏僻的陈湾组的贫困家庭当时还有两个光棍，陈志海的两个哥哥30多岁了还没找到媳妇。欣喜之余，一家人开始四处筹钱,要为小儿子建新房,置彩礼。男方家忙得热乎,但女方这边却一直没有松口。周玉琴说:"包括商量结婚的日子、彩礼多少这些事,都是我去跟他们家谈的,彩礼钱当时按我们这边的水平大约要1万块钱,一半是给女方父母,另一半是给女方,我想着他家日子不好过,我就让他家只拿了一半的彩礼给我父母,也就是几千块钱,我不想他们家因为结婚借太多债,我嫁过去了还是要一起来还这笔钱的。"就这样,两个人在1999年11月份办了婚礼,由于女方父母依然没有同意这门婚事,周玉琴家当时连喜酒都没有办。

两个年轻人走到了一起,婚姻已成了铁的事实,然而他们的婚姻还是没有得到周玉琴父母的完全认可。周玉琴说:"结婚后,我们有近三年时间都不敢跨进娘家门,女儿出世到三岁没进过姥姥家的门,直到2002年,我们的儿子出世办满月酒时,我躺在床上坐月子,想到喝喜酒时亲戚朋友都会来,是不是可以借这个机会缓和一下和娘家的关系,就和我老公商量,让他去我娘家请孩子的姥姥、姥爷试试,看他们愿不愿意过来。后来我老公去了,经过做工作,他们老两口终于松口了,最后来喝了外孙的满月酒。"她说,打那以后,他们这对患难夫妻才算是真正得到了她父母亲的认同。

结婚后,小夫妻两人的命运便紧紧连在一起,但是,生活才刚刚开始。光有爱情不行,还要填饱肚子,贫穷是他们要面对的首要问题。陈志海家当时所在的陈湾组,距村部还有一段不近的路程,是当地人眼中"鸟不拉屎"的山旮旯,出门全靠走,买卖东西全靠肩挑背驮,只能靠天吃饭,外出打工是这里年轻人的唯一出路。不安于在贫困中熬日子,这对小夫妻婚后就回到无锡继续打工，不久后，妻子周玉琴因为有孕，觉得城市里生活开支太大，怕丈夫一人担子太重，只能回到老家待产。

周玉琴说："婚后的几年我们日子过得很苦，当时我老公在外面工资很低，一个月大概只有1000来块钱，家里的负担很重，结婚时欠的债还没还清，平时一分钱都要掰成两半花。后来女儿出世后没几个月，我想着老在家里干耗着不行，就跟婆婆商量，让她帮我带孩子，我跟着老公一起出门打工，好歹也多一个人赚钱，多一份收入。没承想，女儿一周岁时，婆婆摔了一跤，半个身子不能动，一查是脑梗。我只好回到家里把孩子接走，让身体不好的公公在家照顾婆婆，而我们夫妻俩边打工，边带孩子。"

更难的还在后面等待着他们。"2002年，女儿三岁时，我们的儿子出世了，我又上不了班了，老公一人养我们一家，吃喝穿用这些生活开支，还有孩子的奶粉等等，他那1000多块钱根本不够用，入不敷出太正常了。不够用怎么办？只有找人周转。我记得那时我每个月都要找人借钱，上月借了，下月老公发工资时还钱，然后又不够用了，就再找人借。不过我们当时找人借都是按时还，穷也要说话算数，不然哪有人肯再借钱给你应急呢。"周玉琴说，那会儿，他们夫妻俩经常会想，这样周而复始地借钱，啥时候是个头呢？

对于贫困，小夫妻两人婚后有了深刻的感知。虽说经济上很窘困，但是婚后和睦的生活还是令小两口感觉很知足。周玉琴说，我们不仅是当时，现在结婚近20年了，从来没吵过嘴、抬过杠，甚至没有红过脸，陈志海虽然大我9岁，但是没有一点大男子主义，很疼我，也很迁就我，家里的大事小事都听我的，而且钱也让我掌管着。我们是别人眼里人人羡慕的夫妻，我婆婆一家对我也很好,待我就像亲闺女一样,虽然生活不富裕,但是我觉得每一天都很充实,也很幸福。"

夫妻恩爱有加,儿女健康活泼,生活和和美美,可是手头上经常捉襟见肘,夫妻俩觉得要改变命运。他们想着,两个大人带着两个孩子在外地打工,老是过这样紧紧巴巴的日子不行啊,以后孩子大了要上幼儿园、小学、中学,开销还会更大,得想想出路,不能这么过下去,被贫穷压着,过好日子不知要等到猴年马月了!

怎样才能改变贫穷的生活状态?他们想到了做生意,可是做生意没本钱啊。陈志海首先想着先换一份工资高一点的工作,攒点本钱。陈志海说:"2004年前后,我让老婆留在摩托车厂,我自己进了无锡的一家小型织布厂,仍然做车工,因为有经验,工资涨到了每月3000元上下。一年多后,手头攒了一点钱,我学了驾驶,又找哥哥支持1万多块钱,买了一辆二手的农用车,给建筑工地拉砂石。哪知道被人坑了,买车时不懂,买了一辆'老爷车',动不动就坏,只好把车卖掉了,不仅没挣到钱,反而还垫了本钱。后来,我又听人说贩水果挣钱,就去买了一辆三轮车,走街串巷卖水果,但是没有经验,根本不懂行情,也赔掉了。这样折腾了两次,就是见了世面,学了一点做生意的教训,最后还是回厂里上班了。"

山里人有着执着如山的性格,虽然几条路都没走通,但陈志海夫妻俩没有放弃。"2008年的时候,我的大舅子上门了,他们一直在苏州吴江做装修,他当时跟我们说,房屋装修现在很来钱,活也很多,你们想不想一起干?我们也知道这些年他在外做装修挣到钱了,就说,能挣钱当然想干了,可是我们都不会啊。他笑着说,你能吃苦就一定能学会。我说,那就没问题。后来就开始干装修，就是做室内吊顶，我们夫妻俩刚开始是跟着他们后面干，一段时间后，我们也自己接活干。收入嘛，差的时候（一个月）几千块钱，好的时候能挣 1 万多块钱，确实比我们在厂里上班强多了。干了几年，我们就觉得手头宽松多了。到 2014 年时我们还买了一辆二手小轿车代步，我们夫妻俩都觉得好日子真的要来了。"陈志海回忆起那时的生活，脸上露出了微笑。

收入好了，陈志海和妻子商议，存钱回家盖新楼房。他说："因为我们之前结婚时盖的瓦房常年没人住，房子都要倒了，像我们这样打工的，在大城市也买不起房，还是回家盖房子现实一些。奔着这个愿望，我们到 2016 年时，手头大概存了 10 万块钱，我们寻思着，过年回家再找亲戚借点，把新楼房盖起来。可没想到，老房子 2016 年 10 月份时就倒了。当时我们也没多想，想着倒就倒吧，反正我们就要盖新楼房了。"

然而，理想是美好的，现实却是残酷的。他们都没有想到，这一年回去过春节，陈志海就被查出患上慢性粒细胞白血病。"生活同我开了个玩笑"，陈志海苦笑着说。

天怕乌云地怕荒，人怕疾病草怕霜。贫困，是一个沉重的话题，然而贫穷之外，还有更令人胆寒的，那就是疾病，因为它足以给一个家庭带来灾难性影响，特别是对于像陈志海、周玉琴这样刚刚从贫困走出的小家庭，更是不能承受之重。

影片《我不是药神》中的"格列宁"，是慢性粒细胞白血病患者在病情慢性期需要长期服用维持生命的"神药"。现实中，这种药名叫格列卫，学名叫作甲磺酸伊马替尼片。这种药物定价每盒 12485 元，每盒 60 片，只能服用半个月。这意味着一位患者每年要用 24 瓶，每年用药就要花费 30 万元。

周玉琴说，虽然在大城市打工多年，也算是见过世面的，但她之前从来不知道世间竟然有如此昂贵的药物。"第一次从医院拿到药的时候，是2017年3月2日，就是确诊后不久，说出来你可能不信，取药的时候，我的手都是颤抖的，这一小盒子的药竟然要1万多块钱。这是我夫妻俩忙很久才能存到的钱。但是我不能在老公面前表现出什么，因为医生说这种病可以控制维持，作为妻子，我要表现得乐观一些，不然他会坚持不下去的。"

第一次拿药是4瓶，两个月的用量，花了将近5万元，夫妻俩刷卡交完钱，他们发现银行卡里原本打算用来盖新房的10万多元积蓄已经所剩无几了。"除了买格列卫，查病做的检查前前后后也花了不少钱，而且医生说，这个病还有定期做血常规、融合基因检测等，这些每一样都要花钱。我生病后，我们俩就把外地的活停了，车也卖了，就在老家趴着，一天活也没干，一分钱进账也没有。"陈志海说，当时，他也不知道这样下去还能支撑多久，究竟还要不要坚持下去。

平常家里一直是妻子管钱，其实妻子周玉琴心里更清楚，着急的同时她开始想办法。"我老公的病确诊时，医生就告诉我，可以申请一个援助，叫中华慈善总会格列卫援助项目，申请成功的话，每年有9个月的药物可以免费，但这时我的申请还没有被批下来。我又想到了医保，我们尽管常年在外打工，家里的城乡居民医疗保险一直没有断，这时应该可以派上用场了吧，我就整理了老公看病以来的各种医院单据，大概有八九万元吧，然后去乡里的报销窗口问，可是人家说，你们这个可以报销，但报不了太多，因为有很多都是跨市就医的，报销比例低，这是政策规定，你们最好还是想想别的出路。"

想什么出路呢？周玉琴想到了申请贫困户。虽然夫妻俩常年不在家，但回乡后的几个月他们对精准扶贫政策也有了一定了解。2017年3月底，她找到了驻村扶贫工作队的余静。"我把家中的变故告诉了她，问她有没有什么办法帮助我们，还问她我们家能不能申请贫困户，我说我们本来也不是贫困户，也不是要争当贫困户，只是现在真的没有办法。好在余书记很理解我们，她说你们这种情况属于典型的因病致贫，按规定是可以纳入建档立卡贫困户的。到时就可以享受'351''180'政策，医药费一年只要1万块钱。但她也说了，这贫困户申报是有程序的，头一年申请，第二年审批，不过我们这是特殊情况，她一定想办法向乡里申请，帮我们加急，争取今年就批下来。不然这么高的医药费，我们肯定撑不了。"周玉琴说，这是她第一次与余静正面交谈，之前他们一直不在家，就是听村里人说过余静是个大好人，她仿佛一下子就抓住了一根"救命稻草"。

回到家中，周玉琴迫不及待地把与余静交谈的内容告诉了丈夫陈志海。但是陈志海却不认为这是好事。他对妻子说："你别痴人说梦了，哪有那么简单的事，还是别折腾了吧！"周玉琴没有理会丈夫："为了你和家庭，痴人说梦的事我也要试一试，余静答应帮忙的，我相信她！"周玉琴按照余静的要求，把医药费单据整理好、证件材料复印好送到村里。

或许，他们当时只是因为不知道下一步该怎么走，所以只能日复一日地期待，期待申请的中华慈善总会格列卫援助项目早点批下来，期待能早一天被纳入建档立卡贫困户。"这个病让我有些走投无路了。只能看看有没有什么政策帮我们了。"陈志海说。

还在期待中，他们又要去医院拿药了。此时是2017年5月份，距确诊病情才刚刚 3 个月，不到 100 天时间，就花光了一家人的积蓄，但对陈志海一家来说，这个病近乎"无底洞"，今后，每个月约 3 万元的医药费会一直压榨着这个不幸的家庭。

往后的日子怎么办？陈志海每次看到周玉琴天天带着期望去询问申报慈善项目、申报贫困户的结果，回来时却不说话，他就知道，暂时还没有结果。而妻子周玉琴不说话更多是因为不忍心，因为她看到病痛的折磨让陈志海的身体异常虚弱，特别是每次去医院做骨髓穿刺，他总是选择背对着妻子，她知道那是丈夫不想让她看到自己因痛苦而扭曲的脸。但是她知道他有多疼，共同生活了近 20 年，跟一个人一样，对他的疼痛她感同身受。

说到这里，屋里的空气有些压抑，夫妻俩的故事让我心中有种莫名的难受。我想正是始终带着期望，不言放弃，夫妻俩才没有被磨难击垮，而且他们也在这样的磨难考验下，让人见证了什么叫情深义重。

在一个人最艰难的时刻，总有些人和事，如同明亮的光芒，给予你一种能重获信心的温暖，给你继续前进的力量。在期望中，陈志海和周玉琴夫妻终于等来了好消息。"在经过实地核查、评审、公示等程序后，5 月底我们就接到通知，被纳入建档立卡贫困户了。我们夫妻俩为此高兴得一宿没睡，我老公很高兴，激动得很，他一晚上念叨了多少遍，他说这叫天无绝人之路。"一时间，夫妻俩觉得笼罩在家庭的阴霾散开了。陈志海赶紧让妻子周玉琴去乡里把这之前花的医药费报销了，因为享受到了贫困户的"351""180"健康脱贫政策兜底，八九万的费用他们自付只有 1 万块钱。

还有让他们振奋的消息。2017 年 8 月，他们又等来了一个期盼已久的通知，他们前期申请的中华慈善总会格列卫援助项目批下来了，这意味着今后陈志海一年中有9个月的格列卫是免费的。"我想，我老公说得真对，这真叫天无绝人之路。"说到这，周玉琴脸上洋溢着灿烂的笑容。

等来了两个天大的好消息，周玉琴很长一段时间仍沉浸在解决医药费难题的喜悦中，相比性格大大咧咧的妻子，陈志海心思更加的缜密，他比妻子想得更远。他考虑的是：今后一家人的生计问题怎么解决？难道就一直靠着政府救济吗？贫困户的"帽子"难道要一直戴着吗？

"不算赡养老父亲、养两个上学的孩子这些家庭正常开支了，单单我这医药费享受健康脱贫政策后每年还要1万块钱，还有看病的车旅费花销，这些都是报销不了的，关键我们现在在老家也没有收入。还有更头疼的，看病把原本准备盖楼房的钱给用了，没有房子住，当时还住在哥哥的老屋里，儿女都大了，老是这样也不是办法啊！"陈志海说，想到要面临的这一系列困难，他经常在妻子身后止不住叹气。

然而，陈志海万万没想到，已经有人关注他担忧的问题了。陈志海激动地说："村里的帮扶干部王名香到家里来，说虽然我们家已经纳入贫困户了，但是也要积极努力脱贫，问我有没有脱贫的思路。我一拍大腿，说你们跟我想到一块了。他们随即就给我介绍了光伏扶贫、产业扶贫、教育脱贫、易地扶贫搬迁等各类帮扶政策，我一想，政策还真'精准'，跟我都能结合上，你看，这产业脱贫，我可以种些天麻、茯苓之类的，也可以养些鸡鸭；教育脱贫嘛，我家两个孩子都在上学，肯定是可以享受政策的；扶贫搬迁就更不必说了，我们一家到现在连房子都没有，这些政策对我来说简直就是'雪中送炭'呀。"

任何事情都是知易行难,发展产业亦是如此,更何况是患有重病、身子虚弱的陈志海。天麻、茯苓需要种在山场,而他们家的山场在陈湾组的深山里,每天从家出发要翻山越岭,近20分钟才能到达自家的山场。深山老林的土地,机械是使不上劲的,要一锄一锄地用力刨开,平整后才能下菌种、覆土。深山里人迹罕至,蚊虫多,还有蚂蟥出没,每次上山干活,夫妻俩都难以躲避它们的侵袭。因为丈夫有病在身,每当看到丈夫面色不好时,周玉琴总是会心疼地把他"关"在家中休息,独自前往荒无人烟的山场干活。村里人说周玉琴是女汉子,可她说,她并不是不害怕,只是迫不得已,贫困的现实要她克服畏惧的心理,要想摆脱苦日子,就得这么做。为了给自己壮壮胆,周玉琴每次会把手机充满电,一遍又一遍地播放自己喜爱的流行歌曲。

好在付出总会有收获。"到2017年底,我算了一下,半年多时间,靠卖天麻、猪肉、鸡鸭这些农产品,加上各种补助,家里共收入约2万块钱。这说的是收入。政策补助方面,两个孩子享受了教育脱贫政策,学杂费免了,还有营养餐补助。同时,还享受到扶贫小额贷款,贷了1万元,5000块钱用来光伏入股分红项目,剩余5000块钱买天麻、茯苓菌种。在家里养了猪、鸡和鸭,跟帮扶单位签订了农产品购销协议,不愁销路了。后来村里有山羊养殖合作社,我们跟合作社签了山羊代养协议,2017年就分红了5000块,2018年还能分3000块钱。"周玉琴激动地说。最让她和老公高兴的是,享受了易地扶贫搬迁政策。危改、宅改等各种补助加一块差不多有15万元,等于盖新楼房一分钱没花。2017年底,他们一家人搬到村部旁的易地扶贫搬迁安置点,高高兴兴地住进了100平方米的楼房。

在高兴之余,夫妻俩没有忘记,贫困户的"帽子"仍然戴在头上。虽然当初戴上这顶帽子对他们来说是迫不得已,但他们仍然觉得很"丢脸"。"这肯定不是光彩的事,要知道,我们以前虽然穷,但是我们从来不承认自己是贫困户,而且通过我们的努力,日子过得也不比别家差,不能老是戴着这顶'帽子',我们要靠自己的双手早点把贫困的'帽子'摘下来。"拖着病躯的陈志海和妻子,还是和当初一样,不愿向贫困低头,要强的性格一点没有改变。2018年初,他们对上门走访的帮扶干部王名香坚定地说:"今年我们要脱贫!"

这是说大话吗,不是!其实,陈志海心里有一本账。他紧接着罗列了2018年以来的收入。"今年种的天麻、茯苓,还有养鸡、养猪这块的收入少一些了,搬家后这里没有太多地方干,但是我们今年新增了几项收入,第一是跑运输的收入,我找亲戚租了一辆面包车跑短途营运,因为身体不好,每天只出半天车,但每月也有1000多块钱进账;第二是公益性岗位,村里安排了油茶基地管护员岗位,从5月份起,每月多了500元收入;第三是我老婆9月份找到了一份新工作,在村里的'老知青'饭店做服务员,每月工资2000块钱;第四是我们入股了村里的'一亩园'工程(注:指贫困户可以将家里的一亩田租给当地兴办产业,获得租金收益),每年能分红2000元。这些新增的收入差不多就有2万元了,加上我们夫妻、老父亲、两个孩子5个人都纳入低保,每个月有1275元的低保金,还有跟去年一样的各项产业补助,全年5万元收入肯定有了,这肯定能达到脱贫标准了。"说完这些,陈志海的脸庞上充满了自信的表情。

陈志海、周玉琴夫妻在洗车。夫妻俩通过跑运输、种植蔬菜和中药材,年收入突破5万元,已经脱贫

"扶贫先扶志,治穷先治懒",在大湾村时,我不止一次看到了这样的扶贫宣传标语。虽然党的扶贫政策好,如果一味坐着"等靠要",想着怎样享受国家优惠政策、获取更多的物质支持,再好的政策也难以发挥实际效果,也难以真正改变贫困现状。不甘于贫困,自力更生甩"穷帽",陈志海、周玉琴夫妻俩脱贫的志向和勇气令我十分感动,他们身上不仅透出了一种深深的自信,还有不肯向命运低头的倔强。

周玉琴说,他们今后有两个打算,一是想开农家乐,因为大湾村的游客多;二是想开一个网店,卖自己和村民种养的天麻、茯苓、黑毛猪肉、鸡鸭农特产品。她还说,他们相信到时一定可以顺利摘下贫困的"帽子"。但是她眼下也有一些忧虑。"我还是担心我老公的病,他的病长年都需要用药维持,虽然说'摘帽'后仍然可以享受健康脱贫政策,但我害怕到2020年后,这样的政策取消了,那我们一家也许又要返贫了。"

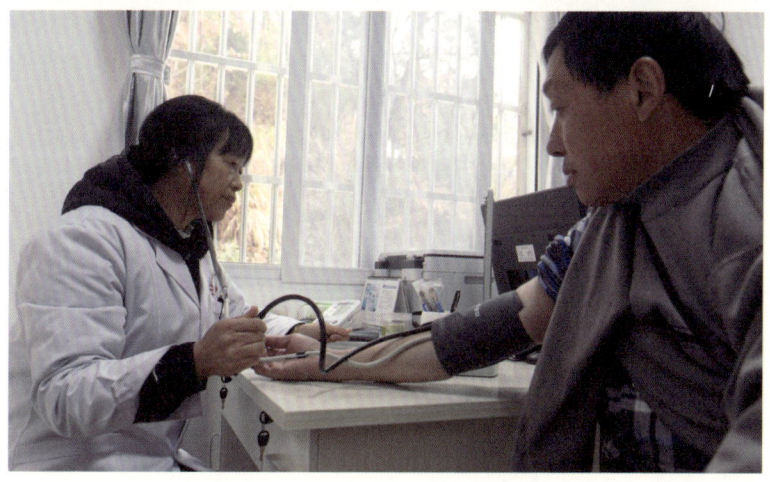

大湾村移民点新建了卫生站,村民的基本医疗需求得到满足

听完周玉琴的话,我想,她的这一忧虑并不是完全没有道理,应该能代表一部分贫困户的心声。脱贫攻坚进展到决胜阶段,面对的现实情况是,"难啃的硬骨头"越来越集中于"因病致贫、因病返贫",解决这些问题是脱贫攻坚的关键点之一,这

呼唤着更加精准应对。在考虑扶贫政策实施延续性的同时，还可以将农村贫困人口的基本医疗保险、大病医疗保险、重病医疗救助提标升级，多层次织密扎牢医疗保障网。这样就可以很大程度上破解"因病致贫、因病返贫"的难题，缓解像陈志海、周玉琴这样的大病致贫户的忧虑。

五

多年在基层采访，我深知即便在今天，农村人依然重视儿子超过女儿。传统习俗，养老送终多是依靠儿子，而女儿一旦出嫁，便不再承担对娘家的赡养责任。在大湾村，有不少贫困户致贫的缘由都是老年丧子，家庭在一夕之间失去了经济来源与壮劳力的支撑，沦为贫困户。

人们说起扶贫攻坚，脑海中第一时间想到的多是政府的救助或者是产业的发展。其实，和睦的家风能在扶贫攻坚过程中发挥特殊的作用。很多时候，只要子女愿意承担自己赡养老人的责任，脱贫并没有人们想象中的那么难。在大湾村的走访中，宋永胜一家人便给我留下了如此印象。2017年独子去世之后，他们的女儿挑起了赡养老人的担子，在能干的女儿帮衬下，近乎返贫的老两口如今又过上了好日子。

从大湾村大湾组沿着山路一路向南逶迤而行，在波光粼粼的白水河旁，有一个并不大的安置点，在这个基湾安置点上居住着五六户从大山深处搬下来的贫困户。宋永胜、俞能荣夫妇俩就住在安置点最顶头的一栋屋子中。一排整齐的三层小楼中，几间房子虽然也已成型甚至已经住人，但是外墙面还是深灰色的水泥，屋子里也都没有装修。唯有老宋家的屋子装修不一样，外墙贴着瓷砖，大门上悬挂着"大湾客栈"的招牌，用本地话来说就是"排场"。"这几家都是2018年才搬下来的易地搬迁贫困户，老宋家不一样，他家从2008年就搬下来了，以前是两层小楼，今年扩建到了四层的。"带着我登门拜访的大湾村扶贫工作队队长王名香解释道。

初见宋永胜夫妇俩，正是国庆节前的最后一个周末。65岁的老宋提着篮子刚刚从两里地外老宅子的菜园里挖菜回来。老宋个子不高，山里老农典型的黝黑粗糙皮肤，颇为敦实。他两只眼睛很小，因为早年出的车祸，迎着风左眼就会流泪，但脸上总是挂着笑容。妻子俞能荣坐在门口的小板凳上把刚摘下来的菜细细地择干净，作为一名熟练的炒茶工，俞能荣手脚麻利。老夫妻俩在干活的时候没有什么交流，只有多年共同生活下来培养出的默契。"明后天客人多，我们家就丫头和我们俩口子忙活，到时候怕搞不过来，先把菜择好了，省事。"宋永胜告诉我。在得知我是来了解他们一家人脱贫的故事之后，夫妻俩让我多等等，女儿傍晚就能从县城赶回来，家里的事，她更清楚。喝着俞能荣递过来的她亲手炒的茶叶泡的茶，我聆听着老夫妻俩讲述他们家的故事。

"汪"姓是大湾村最大的姓氏，而"宋"姓则是大湾村最小的姓氏，整个大湾村只有老宋一家人姓"宋"。宋永胜幼年丧父，母亲带着7岁的他和5岁的妹妹从相邻的古碑镇改嫁到了大湾村。宋永胜记忆中的童年只有贫穷，继父家也穷。三间土坯房子里没有床，宋永胜和妹妹就睡在草窝子里。舒家湾地少人多，150多人，公田和私田加在一起也只有十多亩。山里种水稻产量低，不够吃，那时候主要种的都是红芋和黄豆，粮食主要还是吃国家的供应粮。"余粮户吃板田稻，缺粮户吃麦田稻。"宋永胜告诉我，他小时候当地人的说法，板田稻米粒完整，吃起来香，麦田稻多是碎米，"我们家那时候平时都吃红芋，能吃上碎米就不错了"。宋永胜说。

尽管贫穷，但年轻时的宋永胜能挑能扛，200多斤的担子轻轻松松就扛几个来回。种地、干活、植树他都冲在最前头，是生产队里出了名吃苦耐劳的人。再加上"宋"姓在当地亲友少，他为人又公正，20岁出头的时候，村里让他干了姚湾组的生产队队长。这一干就是40多年，40多年宋永胜几经波折，早已看不出当年的精壮，但组里人还是服他。

1983年，宋永胜有了自己第一个孩子，女儿宋承芳。5年后，儿子宋承生出生，两个孩子虽然给这个贫穷的家庭带来了欢笑，但是生活的压力也更大了。80年代末，金寨县已经陆陆续续有人外出务工，大湾村也有年轻人耐不住山里的穷困，走出了大山。老实巴交的宋永胜想着家里的孩子还有村民组里大大小小的事，不敢出去，就把组里出去闯荡的人家的地都集中起来自己种上。"那时候也没有流转土地这说法，组里几户人家的地凑在一块四五亩，都是我种，每年分给人家400多斤稻子就算了。"种的地多了，宋永胜依然不敢懈怠，农忙时赶着家里的水牛帮村里耕地，冬日里起早贪黑地上山烧炭赚钱。但每年扣去农业税、统筹款，2000年前后，宋永胜一家每年最多也就赚个2000元上下。"农村人情往来多，这点钱，不精打细算地花，年底说不定还要欠债呢，存钱那是根本不可能的。"宋永胜说。

孩子越来越大，大山里务农做短工的收入越发地紧张，宋永胜不得不认真考虑外出务工，"山里面的土坯房子虽然翻修了一次，但还是不合住。2001年，女儿已经外出务工，赚到的钱补贴了儿子的学费。儿子越来越大了，将来还要娶媳妇的，说不得，必须要搬到山下面去，重新盖房子"。宋永胜回忆说。他相中了现在居住的地方，但那时候盖房子最少也要三四万元，这对年年没有余粮的老宋家不啻为天文数字，要筹集这笔钱除了外出打工，没有别的出路了。2003年，宋永胜告别了妻子，告别了住了大半辈子的大湾村，跟随同乡踏上了前往无锡打工的路。

"那是我第一次见大城市，啧，到处都是高楼大厦，以前哪见过这么高的房子啊，还有柏油马路，都是笔直的，不像山里路都是弯弯曲曲的。唉，我那时候就想，啥时候能住到这楼房里啊，能让老婆、孩子们都享享福啊。"回忆起十几年前像"刘姥姥进大观园"一样初到大城市的经历，老宋笑了起来。但新鲜感是极其短暂的，打工仔的辛苦和孤独远远超出了他曾经的想象。年纪不小、没有技术，宋永胜只能在工地上从事体力劳动，打砂浆、搬砖头、抬钢筋，所有的苦活累活他都干过，靠着山里人的韧劲，他没有喊过一声苦。每天早上5点多开始上工，干到晚上7点，宋永胜累得直不起腰。但为了多赚钱，他顶着疲惫，还向老板要求加班，"干到夜里12点，可以多算半天工钱呢，这样干一天可以赚100多元，比在山里种地多多了"。从事重体力劳动，按理要吃饱吃好才有力气。但老宋为了多攒钱，几年下来，硬是连一块"梭子肉"（注：山里称大块肥肉为"梭子肉"）没吃过，每天都吃最便宜最管饱的土豆，"吃了三年土豆，现在土豆是一口都不吃了，吃腻歪了，看到那颜色就饱了"。宋永胜笑着说。

第一年春节，宋永胜拿到了10000多元的工钱，那是他之前从来没见过的厚厚一沓子钱。老宋把钱揣在怀里才安心，他用报纸把钱包了一层，又用衣服厚厚裹上一层，贴身穿在身上，才踏上归程。大城市再繁华，对宋永胜来说，也不如山间老屋冬日里那一炉炭火、那一桌土菜，也不如老婆的温情、儿子的孝顺。看到丈夫第一次外出打工带回来的钱，俞能荣笑了。"存起来，存起来给崽儿起新房子。"不论儿子宋承生年纪多大了，在老两口口中永远都是"崽儿"。可转过脸回到厨房，俞能荣却流下了眼泪。一年独自在外打工，丈夫比以前瘦了、黑了，也老了，心疼一下子淹没了最初的欣喜。而在那个年代，不仅仅是宋永胜，每一个大山深处的人想要摆脱贫困，想要改变命运，外出务工几乎是唯一的选择。

如今的宋永胜家从正面看是一栋漂亮的三层小楼，因为建在河岸边上，地基打得很深，算上负一层的话，一共有四层。山里的贫困户不论房子新旧大小，进门总是一间大堂，里面有一张四方桌、一张供桌，供桌上祭奠着先人的牌位，除此之外大都空荡荡，并没有什么家具、摆设。而在宋永胜四层的"大湾客栈"中，一家人精心布置得别有一番风味，一进门是一间小小的客厅，迎门是一排货架，展示着山里的各种土产，客厅里摆放着卡拉OK设备，作为山里为数不多的娱乐让城里来的客人晚上不至于无聊。从负一楼到顶楼安排了11间客房，从单人间到三人房一应俱全，所有的客房都有独立的卫生间和浴室。很快就要迎来国庆假期，老宋夫妻俩早早地就把所有的床单被套清洗一番，客栈上上下下被打扫得一尘不染。很难想象，这是当地贫困户的产业。"就是吃饭的地方小了些，摆不下许多桌子。"宋永胜道出了自家客栈最大的问题。

在我参观老宋家农家乐的时候，门口传来了汽车的声音。

"是我家承芳回来了。"仅凭这熟悉的声音,俞能荣就断定是女儿回来了。果不其然,从楼下传来了宋承芳的声音。早就听周围邻居和老宋夫妻俩说宋承芳能干泼辣,下了楼,迎面走来一个个子不高,一张娃娃脸上挂着笑的姑娘,这就是宋承芳,看到了我,宋承芳热情地打了个招呼,随即招呼父母,把自己带回来的各种土特产摆上了架子,"马上就国庆了,客人多,多进一些特产,这些茶叶、香菇、干豆角什么的,都是城里人喜欢的,到时候妥妥都能卖掉。"宋承芳退后了两步,仔细打量了货架上土特产的摆放位置,满意之后才坐了下来,和我聊起了家常。

2007年底,在外闯荡三四年的宋永胜攒了3万多元钱,思量着差不多可以起新房子了,就回到大湾村着手建设新家。那时候还没安置点这个说法,老宋选择这里建房很简单,离老屋不远,又在路边上,离柳林河也近,很符合农村生活的需要。虽然地基要打很深,花费不少,"那时候想着要给'崽儿'结婚用的,地上盖一层,地下盖一层,多花点钱值"。儿子那时候在吉林当兵,女儿在无锡打工,老宋夫妻俩找了当地的施工队,就干了起来。

2008年,老宋家的新房子已经基本成型,框架起来了。然而天有不测风云,就在房子即将竣工的时候,老宋在一次出门购买建材时,被一辆呼啸而过的摩托车撞到了头部,不省人事。"弟弟在东北当兵,不能回来。县里面医院水平有限,只能送到我这来了。"在无锡打工的宋承芳知道父亲出事之后,泼辣的性子让她第一时间做出了决定,把父亲接到了自己身边治疗。整整7天,宋永胜昏迷在病床上,全靠妻子和女儿在身边悉心照料,最终当他平安苏醒,母女俩那颗悬着的心才落了下来。但因为这起事故,老宋也落下了病根,一双眼睛视力大不如前,一吹风就流眼泪，干活时间稍微久点，就头晕目眩。当年肩扛几百斤不喘的汉子一夜之间成了病秧子。原本打算新房子建起来就继续外出打工的计划，也因为这场意外告吹。

"爸打工赚的三四万那时候盖房子也不够，家里还是借了一些钱。之后出了这大事，我就以我和我老公的名义，又借了三四万元。"宋承芳告诉我。自己虽然嫁了人，但夫妻俩一直都尽量帮衬着家里，父亲在外打工，弟弟服役期满也能外出挣钱，一家人眼看着就要过上好日子了，但突如其来的灾难把这个家庭打入了贫困的深渊。"眼瞅着新房子建起来了，没想到出了这样的事。"如今说起往事，宋承芳不胜唏嘘。

2009年春节前，讨债人追到了家门口，从不落泪的宋永胜也没了办法，只能抹着眼泪道歉。回家过年的宋承芳、陈泽龙夫妇俩看到了这一幕，泼辣的宋承芳当时就来了气，"我爸遇到了这么大的事，家里困难你们也不是不知道。大过年的，还让不让人过了！"宋承芳夫妻俩把追债人堵在了门外，把身上所有的钱都掏了出来，当场帮父母还了一部分债务，"我爸当了一辈子村民组长了，是什么样的人你们都是知道的，欠你们的钱，你们也不要担心，我和泽龙都揽下来，以后你们就来找我们讨债"。打发走了债主，一家人总算过了一个安稳年，但如何摆脱身上的债务，如何摆脱一家的贫困？乌云依然在一家人的头顶笼罩着。

2014年是老宋家命运发生转变的一年，精准扶贫政策落地，老宋家也在那一年被正儿八经地建档立卡，成为贫困户。"其实村里面谁家穷，谁家苦，大家都明白。明白有啥用哩？过去没有扶贫的政策，扶贫就是领导逢年过节来看看，给困难的家庭送点米啊、面啊什么的。"俞能荣告诉我，倔强的宋永胜抹不下面子，领导来了他从来不哭穷叫苦,这么多年里,送爱心送来的米面油等生活物资他一次没有收过。"虽然穷,但是我有儿子和女儿接济,日子还没苦到过不下去,咋能当贫困户呢。"对丈夫的倔强和"要面子",俞能荣很是无奈,"他就是要面子,自己还是村民组长,怎么他都拉不下脸说自己穷,这样可多吃了多少苦啊"。

2016年,随着精准扶贫不断推进,产业扶贫的各项政策也一步步落实到位,宋永胜感到日子的确大不一样了。"第一笔拿到的扶贫款我至今还记得,是光伏扶贫的补助,有3000元呢!"宋永胜说的扶贫金是金寨县在全县为所有贫困户安排的光伏发电项目,从最早的一家一户安装光伏发电设备,再到现在的光伏电站,金寨县逐步实现了建档立卡贫困村光伏扶贫电站全覆盖,让8.6万贫困户稳定增收。"全县大部分贫困户都类似宋永胜这样,采用虚拟入股的方式参与光伏发电的分红。第一年交5000元的入股金,连续三年每年享受3000元的扶贫分红,最后两年还会将5000元入股金返还给他们。"王名香向我简单介绍了政策。

从宋永胜家的农家乐望出去,即便是初秋,柳林河里还是有潺潺的流水,河畔的茶树虽然不像清明谷雨时节绿得通透,但浓郁的苍翠也让萧瑟的秋日平添了一抹亮色。茶园之外便是村里为这个居民安置点建设的一排整齐的扶贫猪圈。"以前猪都养在山上老宅子的地方,去年老宅子拆了,政府给我们建了新的猪舍。山里的猪是真正的土猪,城里人都爱吃得不得了。"而更让宋永胜夫妇俩高兴的是,从2016年开始,夫妻俩每年养两头土猪,还能从政府获得产业扶贫奖补。

说话间老宋走进了夫妻俩的卧室,从柜子里翻出了一个印着"脱贫光荣"的黑色文件袋,郑重地取出了袋子里的两个红本子,

"2016年第1次给我们发了扶贫手册,你看看,咱们家受到的所有帮助都在这本子上记着呢,好些我自己也记不清了"。宋永胜把一本翻得有些破旧的红本子递给了我,翻开本子,每一页都密密麻麻记录着这些年来每个月当地扶贫工作队对老宋家的帮扶。从2016年1月的养老金开始,帮扶项目还包括了更新茶苗品种、提供黑毛猪养殖技术、政府购买医疗保险、发展农业产业奖补等各类项目。那一年儿子宋承生也从吉林退伍归来,乡里帮着联系,到上海打工,每年也能有30000多元的收入。

"2016年真是好日子啊,习近平总书记来我们大湾村看了,虽然没到我家来,但我作为大湾村人,依然脸上光彩啊。帮扶的政策好,儿子也有了稳定的收入,2016年底我就主动申请,要摘掉穷'帽子'。总书记都来鼓励我们脱贫了,我还能占着这'帽子'不摘吗?"说起2016年,老宋脸上浮现出了笑意。从2008年那场事故以来过去了8年时间,一直笼罩在老宋家头上的贫穷的阴云终于散去,老宋才终于松了一口气,挺直了腰板。不过那时候沉浸在喜悦中的老宋还不知道,上天似乎总是要跟这家老实人过不去,一场更大的变故降临到了这个刚刚脱贫的家庭上……

事故发生在2017年。其实,这年一开年,宋承芳心情格外好。不仅仅是因为去年底,自己娘家终于摘掉了穷帽子,更因为前些日子弟弟宋承生给自己的一个电话。"姐,我想明白了,从这个月开始,每个月我给你打3500元,你帮我存着。回头把我们家的房子再加盖一层,我想回家照顾爸妈,再搞个农家乐。总书记都来过了,以后咱们大湾村肯定会越来越热闹的……"

对于这个小自己5岁的弟弟,宋承芳可以说是操碎了心。从小家里苦,这个小弟弟是她儿时的玩伴、照顾的对象,也是她快乐的源泉。父母都要忙农活，即便自己也只是个孩子，平日里照顾弟弟的任务多落在了宋承芳身上。宋承芳读初中的时候，每天早上都要为自己和宋承生做在学校吃的午饭，家里缺盐少油的，宋承芳有时候用仅有的一点油给弟弟炒个菜，而自己就带点白饭去上学。"弟弟年纪小，人又可爱，我当姐姐的，让着他一点没啥的。"如今说起因故去世的弟弟，宋承芳仍然忍不住流下眼泪。

2001年，弟弟宋承生读到了初中，宋承芳已经在念高中了，贫穷的农家负担两个孩子的学费自然是举步维艰。一天夜里，宋承芳偷偷听到父母在里屋商量着把自家的牛卖掉，还能顶一段时间家里的开支。宋承芳明白牛对农家的重要性，也知道自己应该做、能做什么选择。没有和父母商量，她主动找学校办理了退学手续，和父母说明自己想去外面打工，补贴家用。"丫头学都不上了，还不是为了让崽儿能好好读书嘛，崽儿能摊上这样个好姐姐，也是他福气。"宋永胜至今在外人面前说起姐弟之间这段情谊都非常自豪。就这样，比父亲还早两年，宋承芳独自一人踏上了外出务工的路，做出了和那时大山中无数子女一样的选择。

初到无锡，宋承芳一个小姑娘日子自然不好过，能说会道的她找到了一个在商场卖化妆品的工作，一个月也能有近千元的收入，辛苦钱中的一大半都被她寄回了家中。2004年，宋承芳收获了爱情，与同乡青年陈泽龙在打工时相识后，两人很快喜结连理。"我老公听我的话，对自己父母还有我爸妈都特别孝顺，干活也勤快，一手木工、漆工都不错，你看我们家这个农家乐，里面的柜子什么的一大半都是我老公亲自打的，出了老大力呢。"说起自己的丈夫，宋承芳满脸甜蜜。

唯一让宋承芳放心不下的就是自己这个宝贝弟弟了。初中毕业之后，不喜读书的宋承生不愿意再继续上学，执意要去当兵。心爱的儿子要远离自己当兵，宋永胜和俞能荣不很乐意。宋承生第一时间想到的也是宠爱自己的姐姐，好说歹说磨破了嘴，宋承芳、宋承生姐弟俩说服了老父老母，宋承生圆了自己的军旅梦。

2016年，宋承生退伍归来，到了上海打工。他在上海找到了一份不错的工作，一个月能有四五千元的收入，然而收入虽然不错，宋承生却极少给家里寄钱。"我家崽儿仗义，谁去求他他都答应，哪里存得下钱呢？"说起儿子，父母永远都往最好的一面想。但是姐姐宋承芳却不这么想，弟弟从小的确为人仗义，当了几年兵更加豪爽，但父亲因为之前的事故已经失去了劳动能力，家里稳定的收入只有自己和丈夫的接济，弟弟好容易有了一份稳定的收入，却因为瞎仗义而忽视了家里人，这是重视家庭的姐姐绝对不能忍受的。"那时候我和他三天两头吵，我这人比较传统，就希望他哪怕不给家里钱，自己存点钱将来娶媳妇也是好的，怎么能把钱都胡花了呢。电话每个礼拜都打，说不到几分钟就吵起来，有时候他就把电话直接掐了。"说起曾经和弟弟吵嘴，宋承芳又落下了几滴眼泪。不愿意打电话，宋承芳就给弟弟发信息，短信、微信一发就是几百字，全是苦口婆心的规劝，只是不知道弟弟看没看进去，"弟弟走了之后，我打开手机看到以前发的信息就难过，干脆一口气全都删了"。宋承芳说。

主动提出要给家里钱，忽然懂事的弟弟让宋承芳大为感动。连续几个月，她都收到了弟弟按时打来的钱。"东子存点钱不容易，给父母养老也不是他一个人的事，这几年我也有点积蓄。给父母盖房子的钱咱俩就先垫上，东子那钱让他以后娶媳妇吧。"和家里人说起弟弟，宋承芳还是习惯叫"东子"这个小名。丈夫陈泽龙也是孝顺的人，对妻子这一善举没有意见。很快，一家人开始着手翻新扩建宋永胜夫妇俩居住了近10年的老屋。"那时候东子真的懂事了，他姐夫在家里帮着给新盖的三楼打柜子，一身都是汗还有木头屑子，脏兮兮的，我把照片发给东子。没想到他还专门打电话感谢，并给我老公买了一双新鞋子以示谢意。"发现弟弟真的懂事了，宋承芳的喜悦更胜过自己的父母。

2017年8月31日，宋承芳接到了一个电话。"宋承芳吧，你弟弟宋承生被车子顶了，现在常州医院抢救，你快过来看看。"刚刚得知消息，宋承芳尽管不认为会是很大的事故，但还是取出了家里在银行的所有钱，和丈夫一起买了去常州的火车票，匆匆忙忙赶了过去。"那时候没和爸妈说，一方面觉得应该没什么大事，另一方面也不想老两口多操心。"傍晚5点，宋承芳夫妻俩赶到常州的医院时，惊讶地发现弟弟满脸苍白，躺在重症监护室，已经到了弥留之际。原来，在上海打工的宋承生为了帮朋友搬家，特地赶到了常州。没想到在帮忙中被大货车和三轮车夹在了中间。事故造成了他肝脏破裂，等送到医院的时候，已经晚了。

弟弟去了，姐姐宋承芳忍不住地悲伤。想到父母年纪已大，身体一向不好，如知道心爱的儿子的死讯，一定吃不消。宋承芳立刻让丈夫和闻讯赶来的亲戚回家，并再三叮嘱，一定不能让二老知道这件事。自己一个人留在常州打理弟弟的后事。山里讲究人走了要回家安葬。但常州殡仪馆无论如何都不同意让宋承芳带走弟弟的遗体，要在当地火化。倔强的宋承芳不愿意放弃，每天都到殡仪馆找领导商量，甚至跪在了门口，殡仪馆领导动了恻隐之心，让她找当时出警的公安部门开个条子才行。人生地不熟的宋承芳仿佛抓到了救命稻草，连续几天，天天在派出所哀求通融。9月10日是火化遗体的最后期限，逾期就要强制火化，连着几天吃不好、睡不好，宋承芳早已耗尽了精力，整个人蓬头垢面，看不出原本精明能干的样子。看到宋承芳这样痛苦，派出所领导终于为她开了一张条子，允许殡仪馆帮助宋承芳把弟弟的遗体送回金寨老家。

殡仪馆在给弟弟整理仪容的时候，宋承芳也没有松下一口气，预计第二天下午弟弟的遗体才能运到，宋承芳立刻给丈夫打电话，详细说明了第二天的安排。

9月11日一大早，陈泽龙就来到了宋永胜家，陪岳父岳母到古碑镇亲戚家参加家宴，而这些，都是宋承芳和陈泽龙提前安排好的。考虑到父母得知儿子去世，一定会悲痛万分，食不下咽，宋承芳叮嘱亲戚一定要烧一顿好的，不动声色地请二老吃好吃饱。把岳父岳母送到了亲戚家，陈泽龙找了个理由先行离开，火速赶回了大湾村，着手布置灵堂。考虑到父母身体不好，宋承芳还特地和花石乡政府沟通，请镇医院派了医生、护士以防万一。被蒙在鼓里的宋永胜夫妻俩吃完饭就上了陈泽龙的车子回家，"爸、妈，以后我就是你俩的儿子了，你俩将来什么事情都有我担着。"在车上，陈泽龙按照和妻子商量好的，不声不响地做出了暗示。作为母亲，俞能荣立刻就感到了气氛的不对，平白无故的，女婿不应该说这些话。"是不是东子出事了？嗯？你说话啊！"俞能荣焦急地一遍又一遍问着，而陈泽龙只是开车，并不多言语。

回到家，看到客厅已经布置成了灵堂，邻里亲戚都赶到了家中，宋永胜和俞能荣还不敢相信发生的一切，直到宋承芳护送着弟弟的遗体回到家中，跪倒在父母面前，老夫妻俩才意识到灾祸真的发生了。俞能荣当场哭晕在地，宋永胜也和失了魂一样呆呆地坐在儿子棺前。

唯一的儿子去了，但是日子还要过。农村里千百年的传统，嫁出去的女儿泼出去的水，唯有儿子才是老人养老送终的指望。不了解宋承芳的人都觉得老宋家这回大祸临头，怕是以后都要过苦日子。宋承芳安慰好父母，处理完弟弟所有后事之后，在心里暗暗下定主意，无论如何都不能让老父老母过穷日子。

儿子走了之后，老宋就和丢了魂一样。每天清晨，村民们看不到原本勤快的宋永胜踏着晨光到山里的老宅子养鸡、种菜，俞能荣见到左邻右舍也就是点点头，脸上不再有淡淡的笑容。盖好了一大半的房子静静地伫立在柳林河畔，不再有新的变化，时间在宋永胜一家仿佛停止了。然而周围的人并不惊讶，老宋一家是最传统的山里人，山里人打拼一辈子，只是为了能让孩子有好日子过，然而如今，老宋已经没有了儿子，宋承生甚至都没来得及结婚、生子，血脉已断，日子也了无生趣。"穷？穷就穷吧，脱贫了又有啥用，啥都没意思了。"曾经努力奋斗的老宋彻底没了劲头。

让宋永胜夫妻俩重新站起来的人还是宋承芳，看到父母二人每日精神恍惚，宋承芳心里有说不出的恐慌，"老两口都是老实人，一辈子就指望着东子出息。如今东子没了，他们俩别一时想不开……"想到这里，宋承芳打了个寒战，连哄带骗、连拉带拽把父母接到了自己在金寨县城的家中照顾起来。自己则时不时回到大湾村盖了大半截的新房子里，看到三楼装修到一半的房间，看到散落在地上的木屑，宋承芳又想到了懂事的弟弟，黯然神伤。

灾祸降临，但是日子还要过，父母不能成为贫困户。宋承芳想好了，办农家乐是弟弟生前的希望，也是大湾村未来发展的机遇。"爸、妈，咱们家这房子还是要装完的，东子生前说要搞农家乐，要不你们俩接手干吧，也算是完成他的心愿了，我和泽龙也会帮你们的。"一天晚上，宋承芳和父母提起了自己的想法。然而，宋永胜和俞能荣还沉浸在丧子之痛中，对于女儿的提议没什么兴致，"唉！"重重地叹了口气后，老宋没有任何表态，只是缓缓从沙发上站了起来，拖着身子走回卧室，把门在身后掩了起来。

父母没有劲头，宋承芳想起了村里才来不久的扶贫队长王名香，"自己说不通，说不定王队长可以呢？"宋承芳把自己的想法和王名香细细说了一遍。"这是好事啊，老宋家2016年才脱贫，儿子没了，家里唯一的稳定经济来源就断了。但是咱们可不能让老宋重新成为贫困户啊。你有这份孝心那是最好不过的了，有什么困难，咱们村扶贫工作队都会给予最大的支持的。"听了宋承芳的话，原本担心老宋家返贫的王名香也有了信心，立刻拿出了村里扶贫工作队商量好的给宋永胜安排的脱贫计划——因为还在脱贫巩固期内，所以宋永胜原来享有的各项精准扶贫政策一律不变，除此之外，宋永胜夫妻俩被列为村里的低保户，每人每月有200元补助；2018年开始，宋永胜给村里油茶林当看护员，每个月工资500元；宋永胜一家要开农家乐，扶贫工作队也会帮他们申请扶贫贷款5万元。

"怎么？老宋还是想不开啊？这个你别急，我回头到你家去，给老宋做做工作。"接到宋承芳的电话，得知宋永胜还是没干劲，王名香又多次赶到县城宋承芳的家中，为老宋做思想工作。"老宋，承生走了，咱们心里都不好受，但是咱这个日子还要过，是不是？承芳这么孝顺，你也要想想她的心情嘛。你想想咱们村里，像承芳这么孝顺的闺女，还有谁？你也要想开点。""老宋，现在咱们村里正在鼓励发展旅游业，你也是知道的，总书记也来过了，村里离马鬃岭也近，承生、承芳想的都对，干个农家乐，生意不会差哩！其他的扶贫政策，咱们也都会尽可能帮你申请。""老宋，你也干了这么多年村民组长了，你现在这个样子，怎么给组里人做表率呢？"一遍又一遍，王名香从家长里短聊到了扶贫政策，磨破了嘴皮子。从大湾村到金寨县县城，山路崎岖，总要快2小时的时间，王名香村里的扶贫工作丢不下，和宋永胜聊完，就马不停蹄坐上回村里的小巴。三回两次下来，宋永胜看到王名香风尘仆仆的身影，看到女儿宋承芳眼中的期许，紧缩的眉头慢慢舒展开来，"行，那我试试。崽儿生前最后和我说的就是开农家乐，我们两个老的就试着帮他开吧"。心结解开了，宋永胜站了起来，在女儿宋承芳眼中，那一瞬间，曾经精壮有力的父亲似乎又回来了。

有了目标，耿直泼辣的宋承芳立刻有了动力，风风火火干了起来。搞农家乐，自己和丈夫都没有经验，宋承芳就走访了花石乡及周边乡镇比较出名的农家乐，向他们取经，并且请了专人重新设计了自家房子的结构。将原本已经建成大半的三层小楼进一步加盖了第四层，算上加盖顶楼还有内部重新改造装修，即便丈夫承担了大部分木工手艺活，前前后后还是需要50多万的资金，算上自家的存款还有扶贫贷款的帮助，还是短缺了近半。为了让父母在晚年能有自己的产业，宋承芳用自己夫妻俩的名义向朋友借了近30万元。紧赶慢赶，老宋一家的"大湾客栈"农家乐在2018年"五一"假期之前总算开张营业了。

看到几个月没有回的家成了崭新的农家客栈，宋永胜夫妻俩有些欣慰，又有些淡淡的担忧，一家人从来没有搞过农家乐，要是没客人或者客人不满意那可咋好啊。好在紧接着到来的"五一"

小长假打消了一家人的顾虑。"以前没搞农家乐,也没觉得咱们大湾村有啥知名度,如今一看可不得了。"五一"小长假的时候,别的农家乐家里住不下,都往咱们这里送人,咱们这 11 间房子成了抢手货了。"宋永胜说,女儿和女婿在五一期间都回村里帮忙,短短七天时间就赚了 5000 多元。"养了两头猪,杀了一头,一百多只鸡吃了一半。"忙碌让宋永胜夫妻俩减轻了失子的伤痛。

我再次来到老宋家探访时,宋承芳没有回来,老宋和妻子俩刚刚从山上砍红芋藤回来,原来能扛几百斤的老宋如今背着一大捆红芋藤已经是气喘吁吁,反而是俞能荣挑了两大捆红芋藤面不改色。问及"十一"假期生意如何,老宋抹了把汗憨憨地笑了起来,伸出了一根手指,"小万把吧,'十一'小长假还没开始,人家就打电话把所有的房间都订掉了"。半年下来,宋永胜家的农家乐就有了两三万元的收入。

宋永胜将红芋藤扛回家中加工成饲料喂养家禽

说起自己的女儿，宋永胜和俞能荣脸上满是自豪，"我和你说啊，当初我女儿出嫁的时候，按照咱们这里的风俗，是要泼一盆水的，嫁出去的女儿泼出去的水嘛。那时候我一盆水就泼了一半，留了个底，女儿如今心还是留在这个家的"。如今想起往事，老宋也和我开起了玩笑。

"看到老宋家的农家乐如今走上了轨道，我们也就放心了。2018年底，我们大湾村要做到村出列、户摘帽，全村脱贫出列。老宋家如今享受的各项扶贫政策叠加起来一年能有近3万元的收入，再加上搞农家乐的收入，2018年能有五六万元的收入呢，早就过了脱贫线了。"王名香接着说："2018年村里面开始评比'好儿女'，对恪守孝道的村民大力宣传褒奖，带着父母两度脱贫的宋承芳理所当然地入选了。"

如今，"大湾村好儿女"的奖牌被放在了老宋自家客栈大厅柜子里的正中央，诉说着这个曾遭逢不幸的家庭中的幸福故事。

六

扶贫先扶志，这是每一个参与过扶贫工作或者了解过扶贫工作的人都耳熟能详的一句话。精准扶贫政策刚刚提出来的时候，经常在基层走动的我发现，很多贫困户无病无灾，四体健全，年纪也不算大，却心安理得地当着贫困户，拿着政府的扶贫救助。原因无他，贫困户当习惯了，把贫穷当成了自己的"职业"，失去了志向，成了生活中的"咸鱼"。

在大湾村走访的时候，我们和王名香、余静还有扶贫工作队的成员聊天，询问如今的大湾村还有没有这种坐等政府救助的懒汉,大家都笑着说如今是没有了,不过过去的确有这种懒汉。"这类人颓废的原因多种多样,要让他们脱贫,首先得让他们生活有个盼头。有时候娶个媳妇、生个孩子,他们就能感受到生活的动力,自然就有了脱贫的志向。"有农村工作经验的扶贫工作人员说。村书记何家枝告诉我,当地贫困户杨习伦曾经就是懒汉。年轻时杨习伦因为一点小事,沉沦了一段时间,无心干活闯荡,整日游手好闲。但振作起来之后也是个认真勤奋的人,2017年还主动申请摘掉了穷帽子,盖起了新房子。

深秋时节的大湾村,已经到了农闲时节,走在大湾村内的小街,下午和煦的阳光下,偶尔可以见到几位老人围坐在小方桌旁,打打牌,聊着一年的收入。没有外出务工的中年村民们通常趁着农闲时节抓紧修葺、建设新房。小村的宁静时不时被旅游大巴启动和驻停打破,游人叽叽喳喳地参观着总书记去过的旧村落,让原本古井一般的大湾村掀起了一阵阵波纹。

杨习伦的新房子就在宋永胜家附近,和宋永胜家的房子结构类似,杨习伦的新房靠着河的一边也打着深深的地基,只不过房子虽然已经建好,却完全没有装修,灰黑色的水泥裸露在外,颇为突兀。敲了敲门,并没有人应答,邻居告诉我,老杨应该是到外山去打工了,他媳妇到别人家农家乐帮着烧饭,家里没人。

我给杨习伦打电话的时候,可以清晰地听到杨习伦的喘息声。我告诉杨习伦,希望了解他脱贫的故事,电话那头的他似乎有些尴尬地笑了笑,表示工地上走不开。不过下个月天麻要收获的时候他会回到大湾村,可以和我聊聊往事。

此时杨习伦正在金寨县的白塔畈镇工地上修河堤,家里的天麻还要一个月才能收，新房子装修也要钱，他不能在家里闲着。他在家听同乡说白塔畈镇有活干，二话不说就跟队伍一同来到了河堤上。修河堤是纯粹的苦力活，不过一天能有400元的收入，比别的活收入要高。从早上七八点开始，杨习伦便和工友一起干活。入秋之后正午的阳光依然刺人，杨习伦一抬头就会被太阳刺得眼睛疼。

（2018年）11月中旬，杨习伦从白塔畈镇赶了回来。我应约前往。只见他把一大包装满脏衣服的行李递给了老婆肖细雨，喝口水后，他边歇息、边与我聊起了他自己。

和贫困山区所有人的记忆一样，杨习伦对于过去的回忆非常简单，就一个字——穷。1971年出生的杨习伦还有两个妹妹，和父母、奶奶一家6口人生活在大湾村徐湾组。徐湾组靠近马鬃岭，春天开满映山红，秋天则铺满漫山的红叶，而这些美景对童年的杨习伦来说，却毫无意义，名山大川的壮美景色无法点缀他们一家居住的茅草房。"那茅草房我住了20年，茅草顶，泥砖墙，雨天屋顶漏雨，冬天四壁穿风。"杨习伦说到年轻时居住的环境，语气中充满了无奈。山里本就湿气重，加上茅草房漏雨，杨习伦记忆中的老房子总是阴森潮湿，散发着霉味，家里存的那点粮也常常因为潮湿而发霉，"发霉也能吃啊，发了霉也是粮食嘛，那时候能吃饱就不错了，谁还在乎这个"。杨习伦说。

大山里地少人多，杨习伦一家6口人分到了3亩多地，但山里种水稻产量低，3亩地一年到头也就能产1000来斤稻子，"自家产的稻子不够吃，这里吃的都是供应粮，我印象里那时候爸妈还有奶奶拼命干活，赚到的钱基本也就够换个粮吃，家里养的牛、猪，也都换成了粮食，否则根本不够一家人吃的"。家无余财，杨习伦记忆里自己和两个妹妹从来没有穿过新衣服。那时候在总后工作的洪学智将军心念家乡受苦的乡亲，曾经捐了一大批军大衣给金寨县的穷苦百姓。杨习伦唯一一件冬衣就是那次捐赠发的军大衣，"那都是军人穿的，我一个小孩子怎么可能合身嘛，袖子、裤脚没一处是合身的，不过，穿着暖和啊"。想起过去穿着军大衣的滑稽样子，杨习伦笑了起来。

都说穷人家的孩子早当家，杨习伦也是如此。十五六岁的时候，为了让两个妹妹读书，还年幼的杨习伦也挑起了照顾家庭的大梁。每天早上五六点天才蒙蒙亮，杨习伦便从床上爬了起来，用冷水抹一把脸，抄起门外的斧子，就顺着羊肠小道上山。每天要砍100多斤柴，这是雷打不动的规矩，杨习伦手脚麻利，个把小时就能砍完柴，这100斤柴，卖掉就是两块五。而那时候两个妹妹读书，一年花费在两三百元，一元一角，都是杨习伦靠着砍柴换来的。

"听你这么一说，你年轻时也挺勤快的啊，怎么村里老人都说你是个懒汉呢？"我颇为好奇地问他。杨习伦尴尬地笑了起来，"说我懒，也不假。因为一点小事没想开，我的确颓废过一段时间"。杨习伦直起腰看了一看家里，确定妻子到外面忙去了，才开始把自己当年的"黑历史"说了出来。

80年代，金寨县也陆陆续续出现了一批批外出务工的人，外出务工是他们摆脱贫困闭塞生活最简单直接的方法。年轻的杨习伦身边也有朋友踏上了外出务工的旅途，他自然也想跟着一起出去闯一闯。但在外出之前，杨习伦却有一个不大不小的愿望——

想说一个媳妇。

　　大山里年轻人结婚早，和杨习伦一起长大的朋友有几个都说上媳妇了，也有个别混得好的盖上了新房子，这让他瞧着很是羡慕。"不过我也知道说媳妇可不简单，毕竟咱们这以前是真穷啊，本村的姑娘想着出去，外面的姑娘不愿意来，没得进来的媳妇，只有出去的新娘。"杨习伦在村里也有喜欢的姑娘，虽然自家只有茅草房，但杨习伦还是请父亲按照农村的规矩，找个媒人正儿八经上门说一说。因为家里实在是没钱，杨父请不起媒人，便亲自上门替儿子说媒，老实巴交的农村人，口齿不伶俐，一来二去，居然把杨习伦心心念念的婚事给说黄了。

　　得知了父亲居然没有找媒人而是自己去说媒，自己去说还说黄了，一种前所未有的挫败、失落、无奈压在了杨习伦的心头。遇到这种情况，有的人也许会发愤图强，出去闯荡出一片天地，但当时的杨习伦却被这次挫折压垮了。一直以来，因为家里的贫穷，杨习伦心中一直有着深深的自卑，这次事件仿佛揭开了他的伤疤。"出去吧，出去打工吧！""算了吧，生在这个家就这个命，出去有什么用，还不是受气挨穷？"每个晚上，杨习伦一闭上眼睛，脑海里两个声音就在相互争吵。早上起来，睁开眼，还是破旧的茅草房屋顶，年久失修破败的四壁。才20岁不到的杨习伦，仿佛失了魂。"家里人也劝了我，同村的朋友也来说我，让我和他们一块出去闯闯，赚了钱回来，不就扬眉吐气了。现在想想，他们说的都对，但不知道怎搞的，那时候自己就是听不进去。"如今杨习伦说起当年的沉沦，头深深地低着，都不敢与我对视。

　　渐渐地，同乡的年轻人都走出了大山，远赴江浙沪等地方打拼，杨习伦留了下来，偶尔在当地干干零活赚几个小钱，家里穷，常常缺盐少油的，他就拿着家里的小酒盏厚着脸皮东家借点油、西家借点盐什么的。久而久之，在当地村民眼中，杨习伦成了村里疲懒汉的代表。"年纪轻轻的，也不学好！天天赖在家里，不知道出去闯闯，活该穷一辈子，没出息！"那时候的杨习伦也知道村里人对自己的评价，但心灰意冷的他把这些话当成耳旁风，继续穷着、混着。

1991年，华东地区遭遇罕见的洪涝灾害，五六月间，中国共有18个省、自治区、直辖市发生水灾，5个省、自治区发生严重水灾。灾害最重、损失最大的是遭到洪水侵袭的安徽和江苏两省。地处大别山区的金寨县自然也遭遇了洪水的摧残。

茅草屋连普通的大雨都无法抵挡，更遑论这百年一遇的瓢泼暴雨。雨没日没夜地下着，家里早就没了一处干的地方。"老杨家，撤啊，还守着房子等死啊。快点撤到山上高的地方。"村干部已经催促好几遍了，杨习伦对这破茅草屋倒没有什么留恋，对他来说，破旧的茅草屋只有苦日子的回忆。但是杨父对家颇为不舍，"撤了，屋子没了以后咋办啊？"

眼见雨没个头，再不走就真的要被冲走了，杨习伦虽然懒，但在这生死关头，曾经的干练似乎又回到了他身上。"爸妈，走，必须走！不走就死定了！"贫穷的家本就无一长物，杨习伦背着奶奶，带着父母和两个妹妹跟着村干部离开了茅草屋，父母时不时回头看看住了大半辈子的房子。而杨习伦则没有回头，离开了老屋，他在心里暗想，茅草屋没了，他的过去也没了。

山里的水灾来得快去得也快，雨停了，杨习伦回到了徐湾组的老房子，破茅屋早就被洪水冲倒了，找不到了踪影，只剩下一片平地散布着洪水带来的杂物。一家人赖以居住的房子没了，无家可归的杨习伦此时却有股轻松的感觉。"家里得盖个新房子了，我得赚钱才行，不能窝在山里了，得出去闯闯看。"面对家的废墟，杨习伦没了退路。

一场洪水，冲走了杨习伦的家，似乎也冲走了杨习伦的懒。那时，他别无选择，只得走出大山追寻新生活。

1991年，杨习伦来到了上海。从贫穷的山沟初到全国最繁华的城市，杨习伦被眼前的车水马龙和高楼大厦震惊了，以前只听说过的热闹如今活生生地出现在了自己的面前。捏了捏口袋里皱巴巴的百把块钱，杨习伦知道自己没时间感慨，必须尽快找到工作糊口。

没有什么工作技能，杨习伦只能在针织厂找了个熨衣服的活干了起来，在老家连新衣服都没怎么穿过的杨习伦面对眼前这些花花绿绿出口海外的漂亮衣服有些手足无措。小组长为他演示了新式熨衣服机器的使用方式，便让他自己学习。好在杨习伦年轻，很快便上了手，在流水线上，人和机器并没有区别，只是单调地重复着，重复着。不像农村的闲散，这里的人干活的时候戴着口罩，并不言语。好在杨习伦也不是多嘴多舌的人，也跟着大家安静地干着活。第一个月，杨习伦拿到了工资，七折八扣，最后到手还有800多元，杨习伦看到手里的钱，揉了揉眼睛，这几乎抵上大山深处一年的收入。看了看其他工友，不少拿的工资还远超过他，杨习伦把钱揣起来，下定决心要好好打工多赚点钱。

"我算是第三批到上海的金寨农民工了，第一批到上海的就是去种地，后来是去盖房子，说起来我在工厂里打工，已经算是比较轻松的了。"杨习伦告诉我。

大城市赚到的钱多，花的钱也不少。初来乍到的杨习伦囊中羞涩，租房子付不起定金，又人生地不熟的，少不了挨房东的白眼，"晚上没地方睡觉，就睡在别人家外面洗衣服的台子上，好在夏天热，睡台子上还凉快，就是蚊子太多了，一晚上也睡不了几分钟安稳觉"。杨习伦回忆说。拿到第一个月工资之后，他终于在上海租了一个小房间，有了一个窄窄小小的"家"。

打工第一年年底，杨习伦回到了大湾村，洪水退去之后，当地也陆陆续续建起了新的房子。但自己家因为贫穷，起不了新房子，还住在应急的帐篷里。杨习伦回家后，没有多说什么，从蛇皮口袋里翻出了一件旧外套，又从外套内侧的口袋里掏出了一小沓用塑料袋捆得严严实实的人民币。他说："爸妈，这半年多我攒了3000多块，全给带回来了，你们看看够不够起个新房子。"洪水过后建设新房子，地基和青砖都由国家出，自家出人工和其他的辅料。有了杨习伦带回来的3000多元，家里找亲戚又拆借了些。新年过后，杨习伦家的新房子总算也破土动工了。"虽然盖好我也没住过几天，但是新房子是青砖瓦房，是平房，有三间，比以前的茅草土房不知道好到哪去了。"看到通过自己的劳动让家里盖上了新房子，杨习伦渐渐对自己有了信心，不再埋怨父母，而是试着用自己的肩膀扛起这个家。"外出打工十几年，多的时候一年给家里带小万把，少的时候也有几千块钱带回家的。妹妹们出嫁了，父母也老了，这个家我不照顾没人照顾了。"杨习伦说，他从那时起逐渐成熟了起来。

2002年,杨习伦在打工的电瓶车厂认识了湖北黄石的打工妹肖细雨,俩人很快就好上了,当年就在上海结了婚。夫妻俩在一起也不是没过过苦日子,厂里不景气的时候发不出工资,夫妻俩当时身无分文,"那时候我们打工租房子都是月月交房租,我俩掏不出钱,要不是房东和我认识很久了,宽限了好几次,我们一家都要被扫地出门的"。杨习伦说。那时候家里连盐都买不起,只有几包以前的面条还有一点糖,杨习伦只得和妻子用糖下了面条。金寨和湖北山区人口味都重,本来就对江浙沪人喜欢的甜口味很不习惯,这甜面条一下口,杨习伦和肖细雨都皱起了眉头,"咋吃啊?""吃呗,又不是毒药,上海咸菜面都是甜的呢,你不也是吃过的嘛?"夫妻俩打趣着,苦笑着把面条吃了个干净。

"你知道吗,那面条吃到嘴里是甜的,但心里苦得要命。那时候就觉得对不起老婆。"想着过去的苦日子,杨习伦眼神黯淡了不少。

对于女儿的选择,杨习伦的岳父岳母是一肚子不快活。虽然肖细雨家也不富裕,但他们一家对大别山区的穷还是难以接受,女儿嫁给了这么个穷丈夫,做父母的自然一百个不乐意。杨习伦说,夫妻俩结婚算来也有16年了,岳父岳母一次都没有到大湾村来看过他们的家。"我也不好意思请他们过来,之前太穷了,怕他们看了生气伤心。前两年过年我去她家,她爸还问我家里有没有电视,没有送我们一台。在外人眼里,穷是咱们大山唯一的特点了。一直到2018年脱贫了,我媳妇才把她爸妈接来看了一次。"杨习伦苦笑着说。

2006年,杨习伦在打工的时候接到了家里打来的电话,说父亲在劳作的时候受了伤，要他快点回来照顾。和妻子打了声招呼，去银行取了点钱，杨习伦匆匆赶上了回六安的车。夜里赶到花石乡医院，杨习伦的父亲躺在病床上，一只脚打着绷带露在被子外面，母亲在一旁半睡半醒打着瞌睡，杨习伦的眼睛一下子湿润了。后来才知道，父亲是早上在赶着老牛耕田的时候摔倒了，耕耙的耙齿刺穿了父亲的小腿。"爸种了一辈子地，以前从来不会摔了伤了。"看到父亲花白的头发随着呼吸微微颤动着，杨习伦第一次真正感受到父亲老了，干不动了。

照顾父亲的一个多月，是这十几年来杨习伦在家待过的最长的日子，住在熟悉的山里，让杨习伦又感受到了童年时的宁静，"要不要回来呢，父母年纪大了，没个人在家里照应的确放不下心。""回来了吃啥，干啥？""城里房租也是越来越高，小孩子刚出生，在城里养不起啊。"一边照顾着父亲的伤势，杨习伦在心里一遍遍反复衡量着。最终，生存的压力还是驱使着杨习伦在父亲伤势好转之后回到了上海，继续务工。

2008年，杨习伦的第二个孩子出世了，他重新下定决心，还是得回老家。夫妻俩在上海打工的厂子这几年效益不好，大城市的物价却一天天见长；两个孩子都年幼，在上海抚养成本太高；父母年纪也大了，身体也不好，让他们俩独自在家自己也不放心。和妻子商量了几天，杨习伦一家退了上海的租房，回到了大山深处的老家。

刚刚回到家乡，在大城市生活了十多年的杨习伦一家必然是有很多不习惯的。十几年前建起的青砖瓦房如今也已破旧，三间瓦房父母睡一间，一间是客厅，一间是厨房，夫妻俩和孩子们睡哪呢？没办法，杨习伦只能自己动手，在院子里盖起了两间小平房供夫妇俩和孩子们居住。"为这事我没少和他吵过，本来在上海虽然紧巴，但好歹还住在正儿八经的房子里。他非要回来，这下好了，连个正经屋子都没得住。"说起刚回家的苦日子，肖细雨就来气。

山里工作的机会远远不如上海，杨习伦和肖细雨离开家乡十几年，农活也早已生疏，一时之间，两人没了方向，在家里闲着，又成了村里人眼中的疲懒夫妻。

金寨是六安瓜片茶叶的核心产区，当地人几乎家家都有茶园，杨习伦家也有五六亩茶园，不过他多年在外务工，父母年纪大了，家中的茶园早就因无人打理荒废掉了。杨习伦夫妇回家后，家中的茶园成了他们唯一的产业。肖细雨是湖北黄石人，当地不产茶，她对茶叶所知甚少。"我以前只见过炒好的茶叶，没见过长在树上的茶叶。第一年收茶叶，我和婆婆上山采茶，我粗手粗脚的，新叶子老叶子一把都撸了下来，回来被婆婆好一顿说呢。"回忆起第一年采茶叶，肖细雨掩着嘴笑了起来。

第二天，婆婆挑了一片新茶，让肖细雨拿着上山比对着采，只准采一样的，从最早的一天只能采几两鲜叶到现在春茶采茶季节一天采摘几斤鲜叶，肖细雨这个原本不怎么喝茶的湖北姑娘也成了"老"茶农。但仅仅依靠这几亩老茶园，一家六口的日子无论如何摆脱不了贫困。2014年，他们家被定为建档立卡贫困户。

"杨习伦夫妻俩就指望这几亩老茶园，效益也不高，怎么可能脱贫嘛。"2016年，余静第一次来到了杨习伦家了解情况，夫妻俩有手有脚又年纪轻轻，却成了贫困户，余静无奈地摇了摇头。"老杨啊,你山里还有几亩地空着,要不,试试种点天麻吧,村里药农不少,我帮你联系,跟他们学学,回头县里有培训,我带你也去听听。""你爸妈年纪虽然大了,不过身体也还行,要不你们夫妻俩和他们一块养点鸡。别担心卖不掉,卖不掉我来给你找销路,总不会让你亏本的。""细雨啊,你看你们也回来好几年了,你也没接你爸妈来看看,说到底还是穷,怕丢脸。咱们加把劲,把日子过好了,你在娘家不也能抬头嘛。"连续好几天,余静每天都到杨习伦家,鼓励夫妻俩尝试新产业,也为夫妻俩鼓劲。听着余静诚恳的劝说,杨习伦和肖细雨慢慢又有了斗志。

杨习伦从前并没有种过天麻。"不会种就偷偷学啊,别人种我就在一边看,看看要怎么种。"杨习伦告诉我,大山里的人仿佛对药材种植有天赋,到几户老药农家取经之后,杨习伦把自家山场开辟了一亩多地,开始尝试着种起了天麻。

"天麻好种,不过刚开始种的时候也吃过亏。"天麻喜阴,要在潮湿阴凉的林下种植,刚上手的杨习伦没有做好排水工作,夏末秋初山里雨多晴少,遇上连绵的阴雨,自家的天麻烂掉了不少。第一次收成就不怎么样,"一锄头抛下去,挖出来的天麻都是烂的,我那个气啊!"初次失败,杨习伦把锄头扔在田里,蹲在田边想了半天。"还得种,今年不成,明年怎么样也要搞出个名堂来。"杨习伦并没有气馁,在上海苦熬多年磨出来的韧性又回到了他身上。他再次到老药农家学习,多次改良自家的天麻地。"这几年县里面也给我们贫困户组织了好几次种植技术讲座,我是堂堂课不落,都去听了一遍。现在我不仅种天麻,也在试着种七叶一枝花,如果能种成,那收入可比天麻高多了。"杨习伦说。

杨习伦、肖细雨夫妇在收获种植的天麻

讲到他的天麻，杨习伦兴致很高地说："走，带你看看我的天麻地去。"说罢，他骑上小摩托车带着我顺着公路一路向南。在一处不起眼的山坡子，杨习伦拨开草丛，带着我顺着他踩出来的窄窄的山路爬了上去。半山腰上是杨习伦开辟的一亩半天麻地，用脚试着踩了踩，杨习伦一铲子下去挖出了一株天麻，仔细地看了看，"今年水汽有点大，天麻有些烂了，估计收成是比不上去年了"。杨习伦摇了摇头说。紧接着说道："不过没事，还是接着干。"

曾经受到挫折就一蹶不振的杨习伦，现在面对一些不顺时，明显坚强了许多。有人说，是精准扶贫政策的实施，温暖着杨习伦的心。金寨县农行主动上门对接，让杨习伦放心大胆地搞产业，养的猪啊、鸡啊什么的，农行都愿意帮他兜底销售。"余静还有潘新都和我说了这事，我心里就有底了。咱们这里原本来来回回的人就少，让我搞养殖业，最怕的就是卖不掉，养几百只鸡，总不成都自己吃了吧。"杨习伦告诉我，有了农行支持的定心丸，他和父母、妻子养了300只土鸡，还养了两头黑毛猪。几年来，每年年底农行都上门把杨习伦养的土鸡、土猪买走，仅这一项他家一年就能增收万余元。

2016年习近平总书记来大湾村考察之后，很快就有茶厂在当地设立了茶叶生产基地，为当地贫困户提供工作机会，肖细雨也第一时间参与了学习班，学起了炒茶的工艺，"一年忙活一个多月，炒茶工按小时算工资的，今年炒一小时给16元，一个春茶采茶季节，我光炒茶就赚了5000多元"。肖细雨说起炒茶显得很兴奋。

"这几年精准扶贫落地，扶贫的政策越来越细，越来越具体，杨习伦家每年发展小产业奖补有3000元，光伏发电入股每年有3000元，一亩园工程收入3000元，我们还给他安排了一个护林员的公益岗位，每年能有6000元的收入。此外，他的父母享受了'351''180'的健康脱贫兜底，他的两个孩子也有教育扶贫补助。"说起杨习伦家享受的扶贫政策，扶贫工作队成员潘新拿出了他家的扶贫手册一项一项算了起来，"一年下来，不算他们夫妇俩自己打工还有养鸡、养猪、炒茶、种植中药的收入，仅仅是扶贫政策给他家的补贴就有1.5万元以上了"。

杨习伦夫妇骑着摩托去收中药材

2017年底,杨习伦主动申请,要求摘掉戴了3年的贫困户"帽子","这几年家里没病没灾,收入挺不错的,我才47岁,贫困户这'帽子'总戴着我自己也丑,是不是?"如今杨习伦说起脱贫,干劲十足,身上完全看不出旁人口中疲懒汉的影子。

杨习伦的新房子从2017年底开始建,到现在主体成型,但是里面还没有装修,只有夫妻俩的一间卧室和厨房简单地装了一下,方便他们在此生活。"我们家6口人,去年易地搬迁建这个新房子一个人补偿了2万元,加上其他的补助,(易地搬迁补助)一共有20万左右。"

"这个地方位置不错,不过地形落差大,房子正面马路路面和房屋后面平地的落差有三四米以上。地基打得深,成本也高,我这房子花了40万。"杨习伦有些无奈。山里一般情况,起一栋房子通常也就十几万元，杨习伦家虽然算上地下室有四层楼，但成本也不至于 40 万元之巨。"主要就是地基，如果没有这个地基，恐怕少花个 10 万元是可以的。"

算上易地搬迁补助的 20 万元，再加上夫妻俩这些年存下的 10 万元，杨习伦一家如今还欠了近 10 万元的债务。不过如今的杨习伦语气中没有迷茫，20 多年前消沉颓丧的身影早已难觅，"只要肯干，怎么都不会穷。现在大湾村、金寨县都越来越好了，打工的机会也远远比以前来得多，我和老婆即便不出去，就在县里打工也能有不错的收入。这两年细雨也常常到周边农家乐帮忙，也明白了一些搞农家乐的事，我打算过完年就开始装修，把这新房子搞成农家乐，也蹭蹭我们村的旅游热"。杨习伦的话语中对未来的憧憬质朴而坚实。

第七章
"我的小目标"

今天的大湾已发生了巨大的变化,特别是习近平总书记视察大湾的近几年来,大湾的变化更是令人瞩目。

秋阳高照,茂林修竹,溪流淙淙。站在村口,大湾村的新貌一览无遗。小广场上,新修建的凉亭十分醒目,三三两两的村民正在亭里休息。亭子西南方,一片白色的二层小楼十分显眼,这是新落成的扶贫移民安置点,它与大湾的老房子隔溪相对,泥墙青瓦马头墙与现代小洋楼在青山与秋阳的映衬下,倒有一种古朴清新的意味。大湾村民组的几十户人家基本从老房子里搬了出来,住进了新居。村支书何家枝介绍,凡是贫困户,都可以叠加享受移民安置、移民搬迁等各类政策,几乎不花什么钱就可以住进80平方米的新居,非贫困户,虽然属于自购,但也能享受政府4万多元的政策补助,花20万元左右,可以住进140多平方米的两层小洋楼。

大湾村安置点在青山与秋阳的映衬下,越发显得古朴清新

大湾村新落成的安置点,环境优美,街道整洁。村民们生活在此,不仅居住条件改善,精神面貌也大大改变了

"大湾村这几年来的基础设施建设力度前所未有，村容村貌发生了很大改变。为了方便村民出行，我们沿荞麦河修建了5座桥。村里的路全部铺成水泥路，全长20多公里。过去到大湾村民组的路，是上坡山道，现在专门修了一条柏油路，这也是方便来大湾游览参观的游客。最让村民高兴的是，大湾村所有居民组全部通上了水和电，生活条件有了很大改善。以前自来水没有全通，很多村民吃水都靠肩挑手提；电压不够，住在山上的村民用电也不方便。村里海拔最高的干冲村民组，有27户近百人，过去电力供应不足，村民连春晚都看不了。现在水和电的问题全解决了，村民生活上了很大一个台阶。"村支书何家枝说。

大湾村还兴建了一所幼儿园，这对村民来说，可是解决了子女学前教育的问题，在家就业安家也就更加安心了。幼儿园位于大湾村小学旁，新建园舍420平方米，新建室外活动场地1000平方米。2019年9月1日，第一批孩子入园开学，目前在校生37人，教职工4人。"大湾没有幼儿园成为历史。"一位村干部颇为自豪地告诉我们。

第一批入园的孩子们正在宽敞的教室里、跑道上做游戏。幼儿园的投入使用，不仅方便了大湾村的孩子们接受学前教育，更一定程度上缩小了城乡教育差距

　　大湾村的村集体收入，过去几乎为零，现在上了个台阶，每年有20多万的收入。村里新建了一座光伏电站，年均发电量28万千瓦时，收益约28万元，可以确保每个贫困户每家年收入3000元左右。节余下来的钱，可以用在村集体事业发展上。

大湾村总装机容量 237.6 千瓦的集成式光伏扶贫网架式电站可为 91 户贫困户户年均增收 3000 元

村民的收入也大大增加了。茶产业与旅游业成了村民脱贫致富的好帮手。大湾村 2016 年通过招商引资建了大型茶厂，总投入达 1800 万元，占地接近 20 亩，吸引了当地企业、专业合作社、能人大户等多种经营主体参与，并引导村民以茶园入股，增加茶农收入。没有茶园的贫困户可以在采茶期间签订 40 天的用工协议，通过采茶就可以获得六七千元的收入。

总书记考察大湾村，让这个大别山深处的小山村出了名。当地也借势做起了红色旅游，带动脱贫。"游客越来越多，像'五一'、国庆时，一天能有上万人次。"何家枝说，游客来了需要吃饭、住宿，大湾村的村民从中找到了机会，开始做农家乐，现在全村已经有十几家农家乐。

贫困户王新云在大湾村五斗潭附近经营起了农家乐，到了旅游旺季，她的农家小院总是人来人往。在她的用心经营下，家庭面貌发生了翻天覆地的变化，2017年，王新云家也已经光荣脱贫。

除此之外，搬到安置点新房的贫困户纷纷把空余的房间拿出，租给旅游公司，统一装修成民宿，发展乡村旅游。在村民陈泽平家的新居，我看到，二楼有两个房间，其中一个房间被简单装修，床具铺设整齐，有单独的卫生间。陈泽平介绍说，"房间平时我们来打扫，如果有游客来住，能分一半的收入"。大湾村现在成立了旅游发展公司，吸纳5家农家乐参与，按照"旅游公司＋农户"的形式，由公司按照统一标准、统一价格的模式进行经营管理，增加旅游收入。何家枝书记介绍，目前正式对外营业的农家小院有6个，准备挂牌的有3个。

收入越来越高，日子越来越好，这是精准扶贫后大湾村村民的普遍感受。习近平总书记在大湾召开的座谈会就是在贫困户陈泽申家门口的场地上，而陈泽申也最能感受到这几年来的生活的变化。2017年的4月，陈泽申告别他的旧房子，搬进了新居。他对我说的第一句话就是："我已经脱贫了，这穷'帽子'扔到山下去了。这在过去想都不敢想。"他给我算了一笔收入账：2017年，养的羊卖了1万多，家里的光伏发电每年有3000元收入，3.5亩农田流转出去，每亩地有500元的流转费用。在茶厂的产业扶贫车间实现了就业，一天工作8个小时，每小时16块钱，一季能干20多天。采茶季过了，还能在这茶厂打扫卫生，看管厂房。每月还有500元收入。2016年，收入不到两万，2017年收入增长到3.3万。"好日子越过越甜，做梦也没想到。"

村民在家门口的制茶厂上班

采茶制茶是村民增收脱贫的一大途径

陈泽申一辈子劳作惯了，勤快的他还在山上种起了中药材，有天麻、黄精等，"刚种下，再有两年才能产生收益"。陈泽申说。

老陈给我讲这些时，我注意到他的笑容是从心里漾出来的。

村民汪能保的家也是习近平总书记走访过的，汪能保说："总书记来我家的情景，我一辈子也忘不了。做梦也没有想到，习近平总书记会来到我家里，还说上了话。"

汪能保是大湾村有名的贫困户。儿子早年意外离世，女儿远嫁外地，老两口都患病在身，日子过得很艰辛。但精准扶贫的健康扶贫政策为老汪解决了大难题。2017年，汪能保因胃癌先后住院10次，总花费将近10万元，而到出院结算时，汪能保最终只需自费9300元。老汪说："共产党救了我，没有国家的好政策，我哪有今天的好日子。"现在已搬入新房的他，细细算着家里的收入账，也还不赖。他说，4亩地流转出去了，一年流转租金2000元；光伏发电，每年能享受3000元的分红；村里的环境保洁员岗位，每月有500元收入，一年家庭收入超过了万元。"我一个生病的农村老人，从来没有想到这辈子还能住上楼房，领到工资，生活有滋有味。"

总书记在大湾村走访过的农户还有陈泽平家。老陈现在也搬进了新居。原木色家具、彩电、冰箱、洗衣机齐全。一楼的条几上摆放着总书记走访陈泽平家时的照片。当时，习近平总书记向他了解贫困户搬迁等支出和补贴情况，问他愿不愿意搬迁到山下去。陈泽平说，当年年底，大湾村易地扶贫搬迁点建成，自己就告别了几十年的"板夹泥"房，搬进了敞亮的新楼房。

作为首批迁入安置点的贫困户，陈泽平率先试水"民宿旅游"。二楼两间卧室，陈泽平将一间阳光房腾了出来当作客房。"收入算可以的了。"陈泽平说。老陈身体还可以，农闲时，在附近的工地打打零工，每个月也有1000多元的收入。他指着墙上的"脱贫证"，高兴地告诉我："我光荣地脱了贫。那天，总书记对大家说，'让老区人民过上幸福生活'，我做梦也没想到，这么快就实现了。"

何家枝书记向我介绍，大湾村2016年脱贫18户63人；2017年脱贫31户105人；2018年脱贫86户200人，贫困发生率降至1.4%；通过回访，我们了解到，2019年，大湾村实现了全面脱贫。

过去的大湾人渴望过上温饱的生活，而今天他们已开始走上小康的大道，对未来的生活充满信心和期望。

53岁的汪於常在当地养羊已经有十几年的经验了。刚开始只有100多只，现在他想把规模扩大，形成产业。村里给他买了400只羊崽子，交给汪於常代养。"这400只羊属于40户贫困户，每户10只，羊产生的收益会分配给贫困户。"汪於常说。2018年，贫困户每户可获得5000元收益，2019年和2020年则能拿到3000元。

现在，汪於常养羊的规模一下增加到500多只。他自己投入，盖圈舍，买粮食。人手不够，他还专门请了两名贫困乡亲，一个负责打扫卫生等杂事，每年可以拿到1万元；另一个懂得养羊技术，负责喂养等，每年能得到4万元。汪於常着重谈了他的"小目标"：自己有养羊的经验，想把养羊的规模扩大到1000头上下。村里的游客这两年明显多了起来,大湾的农家乐也多起来,不愁羊不好卖。"每年搞个20万,这是我的小目标。"

10月的大湾,天格外的蓝与净,满山的深绿与苍绿中点缀着一块块淡黄、深黄、浅红、大红、浅青、淡青,这层林尽染又是笔触岂能描尽的。夕阳映照群山,白水河在余晖下闪着青亮亮的光,炊烟袅袅,山村沉静。我在宾馆三楼的露台上看着眼前的一切,时常沉醉。宾馆的老板汪才茂也时常在这露台上泡一壶茶,坐下来品茗赏景,与客人聊天。

汪才茂是土生土长的大湾人。他现在在合肥经营一家石材公司,每年收益几十万,也算当地的一个富人了。但家乡的情结,还是让他回到故乡建起了这家集吃住一体的快捷酒店——玉泽之家假日酒店。"出去打工,打拼了几十年,算是小有成绩。但还是忘不了家乡,家乡的四季美景大城市里看不到,家乡新鲜蔬菜、黑毛土猪肉大城市更难吃到。常回来看看,于是就有想法在自家的宅基地上建起了这家宾馆。当然更主要的是看中了大湾未来的旅游发展,大湾有这么好的旅游资源,将来会有更好的发展。"汪才茂说。

我们在大湾采访的日子里注意到,汪才茂的"玉泽之家"人来人往,生意不错。他说,旅游旺季或是双休日,生意都很火爆。很多是从合肥、上海来的朋友。他的老婆亲自下厨,菜是自己家菜地里种的,地道的金寨烧法,很受客人喜欢。汪才茂说,现在一年能靠这个店挣个20万不成问题,将来旅游业会更加发展,他对家乡的未来充满信心。

2020年4月,我们再次来到大湾村。大湾的幸福之歌"绿遍山原白满川,子规声里雨如烟"。四月的大湾村,比画还美。远处群山掩映中,杜鹃花、油菜花争相盛开,十里茶园绿满坡,一排排整齐或错落有致的灰瓦白墙民宿矗立在山的对面,从村子的高处俯瞰,荞麦河静静地绕村而过,昔日的贫困山村,每天都在发生着意想不到的变化:即将完工的大湾十里漂流项目已进入运营倒计时,一旁的大湾村游客接待中心夜晚都灯火通明,大别山农耕民俗文化展览馆正紧张进行着"五一"前的布展,大湾向着更高水平的小康之路奔跑。

脱贫户杨习伦和肖细雨两口子每天都在迎接着崭新的日子。这个几年前还一贫如洗的家庭去年办起了农家乐,房前挂上的"细雨农家"和"老杨土菜馆"招人眼球。去年"十一"开张以来,人气渐旺,家中自留的土特产颇受游客喜爱。初尝创业之甜的二人如今学着玩起了直播,用蹩脚的普通话向网上的粉丝推介来自大湾的特产:珍珠菜、嫩竹笋、山粉丝……

新冠肺炎疫情虽然对旅游造成了影响,但进入4月份后,游客渐多。"接下来的假期,我们想赚上一笔。在四年前,咱想都不敢想,咱家也能住上大楼房,办起农家乐,过上好日子!"朴实的话语里,透着杨习伦两口子对党的扶贫政策的感恩。习近平总书记2016年4月24日考察大湾村后,这个大别山深处的小山村吹进了强劲的春风。当地借势大力发展乡村旅游业,深挖境内红色文化资源、民宿文化资源、生态资源,将汪家大湾、汪家祠堂、大王庙与十二檀等景点打包申报4A景区。全村从事农家乐、农家小院的村民就有 31 户，每逢周末和小长假，游客爆满，真正让大湾村群众吃上了"旅游饭"。

为了引领群众从脱贫到致富奔小康，壮大村级集体经济，大湾村近年来除了大力发展乡村旅游业，还致力做好"茶文章"。依托大湾村茶叶资源优势，对 1000 亩老茶园进行改造提升，新种植茶园 1000 亩，采取"龙头企业＋农户"的产业发展模式，引进市级龙头企业安徽蝠牌生态茶业股份有限公司进驻大湾村，在茶叶深加工上做文章。同时还采取小规模精品茶园种植，与人社部合作，通过众筹方式，在大湾村定制有机茶园 60 亩，增加收入 100 万元，带动群众就近就业 32 人。村民收入不断提高，幸福指数节节攀升。"现在我们大湾人可以自豪地向总书记报告说，您的嘱托我们实现了，我们正向着小康路上奔跑。"余静笑着说。

返程的路上，我们又路过了白水河。河道里的水丰沛了不少。水流和各种美丽石头碰撞，奏起了一首赞歌，有点像我们之前在此听到的那婉转的歌声，但旋律还是有些许不同，更高亢、更优美。我想，或许这是一曲水和石弹奏的赞歌，赞叹这片红色的土地、美丽的山乡发生的翻天覆地变化……

大湾的笑脸

大湾村扶贫大事记

(2016 至 2019 年)

2016年4月24日,习近平总书记来到安徽省金寨县花石乡大湾村视察并走访村民。几年来,大湾村通过实施易地搬迁脱贫、光伏脱贫、产业脱贫、就业脱贫、健康脱贫、教育脱贫等一系列帮扶措施,全村实现了户脱贫、村出列的既定目标,村容村貌发生了天翻地覆的变化,人民群众的生活一年迈上一个新台阶。

2016 年

4月,大湾村方湾组安置点开工建设。

5月,大湾村农光互补电站开工建设。该站占地10余亩,总装机273.6千瓦,总投资218.8万元。年发电量28万千瓦时,年收益28万元,入股光伏发电贫困户户均年稳定增收3000元。

7月,大湾村扶贫安置点开工建设,设计安置村民29户,分大小两种户型。

2016年,金寨县委县政府通过招商引资在大湾村新屋组新建了一个大型茶厂,总投入1800万元,占地近20亩,吸引了本市名企参与,引导村民以茶园流转、销售鲜茶、茶厂务工等手段增加收入。茶农通过技能培训合格后签订用工协议，通过在茶厂工作每年可获得三四千元的收入。

2016年，大湾村铺设了8764米水泥路，畅通了村内外的道路，启动了生活环境"三清四拆"工程，对村庄周边环境进行了综合整治，开启了产业脱贫的道路。

2016年，大湾村脱贫18户、63人。

2017年

1月，大湾组贫困户陈泽平一家率先搬进大湾村扶贫安置点，住进了一套两层楼房里。搬家新家，由于有扶贫专项补助四万（一个人补助两万）、移民补助三万（一个人补助一万五）、宅基地腾退补偿四万多、危房改造二万等政策支持，非但没有负债，反而得到了一万元的补助。

3月，大湾村中心村庄安置点和基湾安置点开工建设。

5月，贫困户陈泽申、汪能保陆续搬进新家，在乡村两级的对接帮扶下，陈泽申、陈泽平等户将自己家的闲置房子交给鸿源集团开发民宿，村集体的两间房屋也一并交由鸿源集团装修并开发民宿。

5月5日，大湾村2017年美丽乡村建设工程进行公开招标。

8月，县委县政府投资400万元的农业综合开发项目竣工。

10月18日，大湾村家家户户挂起了红灯笼，到处洋溢着一派喜庆的气氛。贫困户陈泽申、陈泽平、汪能保等一大早就赶到村委会，与村民们一起守候在电视前，等待着党的十九大开幕。

"让贫困人口和贫困地区同全国一道进入全面小康社会是我们党的庄严承诺。"听到电视里习近平总书记曾经在大湾村说过的这段熟悉的讲话,陈泽申老人非常激动,他说:"去年,习近平总书记到我家来,关心我的生活,今年我搬进了新楼房,又搞起了养殖,我今年肯定能脱贫!"

10月24日,大湾村土地综合整治生态景观示范村建设规划编制项目成交。

2017年完成干冲、汪湾、朱湾、基湾等8.4公里水泥路建设。为村民修建了文明公厕7所,街道两边污水处理管道900米,分户改厕100户,危房改造62户,改善了农民住房条件。在基湾组新建100立方米蓄水池,在基湾、杜榜、姚湾等10个居民组铺设自来水管网4800余米,在干冲组新建90立方米蓄水池,铺设自来水管网5000米,使420户村民用上干净、卫生的自来水,全村自来水覆盖率达到90%以上。

2017年,大湾村脱贫31户、105人。

2018年

1月8日,中国中央电视台一套《我有传家宝》栏目摄制组在大湾组录制大湾村的四季农产品。

1月20日,古井集团在大湾村举行"古井贡扶贫温暖爱心工程"启动仪式。古井集团向大湾村捐赠了20万元"大湾村·古井贡扶贫温暖爱心工程"建设基金。

3月1日,帮扶单位县中医医院在大湾村召开脱贫攻坚座谈会,并向大湾村捐赠8万元用心支持温暖工程项目。

4月，总投资21.8万元的花石乡大湾村基湾安置点污水处理项目，进行公开招标。

6月14日，总投资约305万元的大湾村大湾组古民居（汪家祖宅）修缮工程，进行公开招标。

8月，大湾村中心村庄的10套集中安置房建设完工。

9月，市、县领导在大湾村调研，召开座谈会听取村民意见建议，计划在大湾村建设旅游接待中心、农产品展示中心等，让大湾村群众牵住乡村旅游的牛鼻子、让脱贫攻坚无缝衔接乡村振兴。

12月13日，总投资约556万元的大湾村旅游栈道项目，进行公开招标。

2018年，大湾村脱贫86户、200人，实现了"户脱贫、村出列"的既定目标。

2019年

1月，大湾村新时代文明实践站建成并投入使用。

2月1日，大湾村村民自编自导自演的"点赞新时代，追梦新征程"春节联欢会顺利举行，忙碌了一年的大湾村村民，舞起狮子、划起旱船、唱起歌、跳起舞，辞旧迎新、欢度春节。

3月，大湾村幼儿园项目开工建设。

3月6日，在大湾村委会举行了"安徽省中德合作土地综合整治生态景观建设示范村"揭牌仪式。

3月16日，大湾民俗群建设项目启动。

3月26日，总价值168.7万元的大湾十里漂流旅游综合项目，进行公开招标。

4月，总投资230万元的花石乡大湾村游客接待中心项目进行建设开工。

4月，总投资137.2万元的花石乡大湾村茶园扶贫定制项目建设开工。

4月，总投资168万元的花石乡大湾村汪湾水泥路工程项目建设开工。

4月，大湾村开通了5G信号，是安徽首个5G村。

6月27日，大湾村卫生站投入使用。

9月1日，大湾村幼儿园投入使用。

10月，大湾村23户计31人通过省第三方评估后，顺利脱贫。至此，大湾贫困发生率已降到0.2%左右。全村全部脱贫，走上了小康之路。

大湾村的变化只是金寨县脱贫攻坚工作的一个缩影。金寨县2017年、2018年脱贫1.45万户、4.96万人，67个贫困村出列。截至2018年底，全县尚有8348户、16114人未脱贫，贫困发生率为2.73%。2019年底，全县全面实现了"户脱贫、村出列、县摘帽"目标。

后 记

岁末年初,伴随着飘舞的雪花,大湾村的扶贫故事终于写完初稿。

大湾村,是中国著名的将军县金寨县的一个普通山村。2016年4月24日,习近平总书记来到这个普通的深山小村进行专题精准扶贫调研,让这个一直贫困着的小山村走进了众人的视野。

大湾究竟是个怎样的村庄,她有着怎样的历史,她的贫穷到底到了什么样的程度,她现在的状况如何?贫困户们在精准扶贫的过程中,究竟发生了怎样的变化?这是我们试图用最真实的笔触告诉读者的,让读者了解大湾,了解贫困户们的生存状况、心理与情感,以及他们脱贫路上的艰难历程。

2018年的夏天,在长沙接到写作任务,我的心里还是忐忑不安,担心完成不好,毕竟是一个村要写成一本书,风格要求纪实性与文学性兼备,还要以点带面、以小见大地反映精准扶贫的一些侧面。要求不可谓不高。可当在秋天,几度到大湾深度采访,用眼睛和心灵观察感受这片土地时,我的信心逐步建立起来。

"一个不能少"算是全书的序章。习近平总书记对贫困地区的关注,对贫困百姓的关注显示了他的人民情怀。所以在这一部分里,我们力争原汁原味地还原了一些他与大湾老百姓心贴心的互动情景。

其余部分分为三大板块。第一板块,主要介绍大湾的概况,包括山川地理、历史、过去的贫困状况。这部分采用描叙与讲述结合的手法,勾勒出大湾的概貌,以便让读者全面了解大湾。

第二板块,主要是写扶贫工作队的工作,写他们的辛酸苦辣,他们在扶贫一线工作的细致与勤勉。作为党和政府抓扶贫工作各项政策的落实人,大湾点滴的变化与他们分不开。这一板块重点写了余静、王名香、潘新这几个扶贫工作队成员在大湾扶贫的工作和生活。

第三板块,主要选择写了6个贫困户的故事。"幸福的家庭都是相似的,不幸的家庭各有各的不幸。"大湾村这6个贫困户之所以贫困,各有各的原因。有因病致贫的,有因天灾人祸造成的,有的则是过去家庭贫困一直延续了下来。他们此前的生活状态是十分贫困的,虽然也有抗争,也有奋斗,也有希望和梦想,但现实击碎了他们曾经的努力。如果没有精准扶贫各项政策的落实,没有党和政府以及社会的帮扶,他们很难在几年的时间内摆脱贫困。现在,这6户农民已基本脱了贫,更为关键的是他们树立了对生活的信心,重燃了追求幸福生活的希望。通过对这6个贫困户的描写,希望能让读者了解大湾贫困农民的生活状况,他们脱贫的足迹,也通过他们,让读者了解各级党和政府为农村百姓,特别是贫困百姓们过上美好生活所做的努力。

这部报告文学作品,只是一个小小的窗口,我们试图用自己的笔，打开这扇窗，向读者讲述这个大别山深山小村的脱贫故事。

本书的撰写得到了六安市委宣传部韩军部长、金寨县委县政府、安徽日报社李陈续总编辑、皖西日报社吴前俊总编辑的大力支持和帮助。安徽日报驻六安记者站袁野，皖西日报社记者谢菊莲、储勇分别采写了扶贫工作队与贫困户的脱贫故事，皖西著名摄影家陈力拍摄了精美的相关图片。没有他们的付出，本书不可能如此顺利完成，在此表达真诚的谢意！同时，也要感谢湖南教育出版社的各位领导，特别是杨宁副编审的鼓励和支持。

编著者简介

主编： 刘伟

高级编辑，光明日报社原副总编辑，中南大学中国村落文化研究中心教授，太和智库高级研究员。曾任人民日报社西藏站、山西站负责人，新华社西藏分社、山西分社社长，新华社人事局局长。出版小说集《等待蓝湖》，长篇散记《苍茫西藏》，长篇纪实《十一世班禅坐床记》等多部作品。

副主编： 纪红建

文学创作一级，中国报告文学学会理事、青年创作委员会副主任。著有长篇小说《家住武陵源》，长篇报告文学《乡村国是》《哑巴红军传奇》等二十余部。获第七届鲁迅文学奖、第十五届精神文明建设"五个一工程"奖特别奖、第二届"茅盾文学新人奖"等，系中宣部"宣传思想文化青年英才"。

作者： 张大鹏

高级记者，安徽日报社驻六安记者站站长。从事新闻业务30年，策划、采写、编辑百万字各类新闻作品、散文与诗歌。多篇作品获安徽新闻奖一等奖，部分作品入选《安徽日报》60年作品选。

图书在版编目（CIP）数据

大湾赞歌/张大鹏著. —长沙：湖南教育出版社，2020.6
（十村记：精准扶贫路／刘伟主编）
ISBN 978－7－5539－7568－9

Ⅰ．①大… Ⅱ．①张… Ⅲ．①报告文学—中国—当代 Ⅳ．①I25

中国版本图书馆 CIP 数据核字（2020）第 094786 号

十村记：精准扶贫路——大湾赞歌
SHI CUN JI：JINGZHUN FUPIN LU——DAWAN ZANGE

张大鹏 著

总 策 划	黄步高　刘新民　黄永华　徐　为
策　　划	杨　宁
出版统筹	杨　宁　徐夏楠
责任编辑	杨　宁　罗伟成
装帧设计	肖睿子
责任校对	鲍艳玲　殷静宇　王怀玉　朱艳红
出版发行	湖南教育出版社（长沙市韶山北路 443 号）
网　　址	www.hneph.com
微 信 号	湖南教育出版社
电子邮箱	hnjycbs@sina.com
客服电话	0731－85486727
经　　销	湖南省新华书店
印　　刷	湖南省众鑫印务有限公司
开　　本	710 mm×1000 mm　16 开
印　　张	13
字　　数	170 000
版　　次	2020 年 6 月第 1 版
印　　次	2020 年 6 月第 1 次印刷
书　　号	ISBN 978－7－5539－7568－9
定　　价	56.00 元

本书若有印刷、装订错误，可向承印厂调换